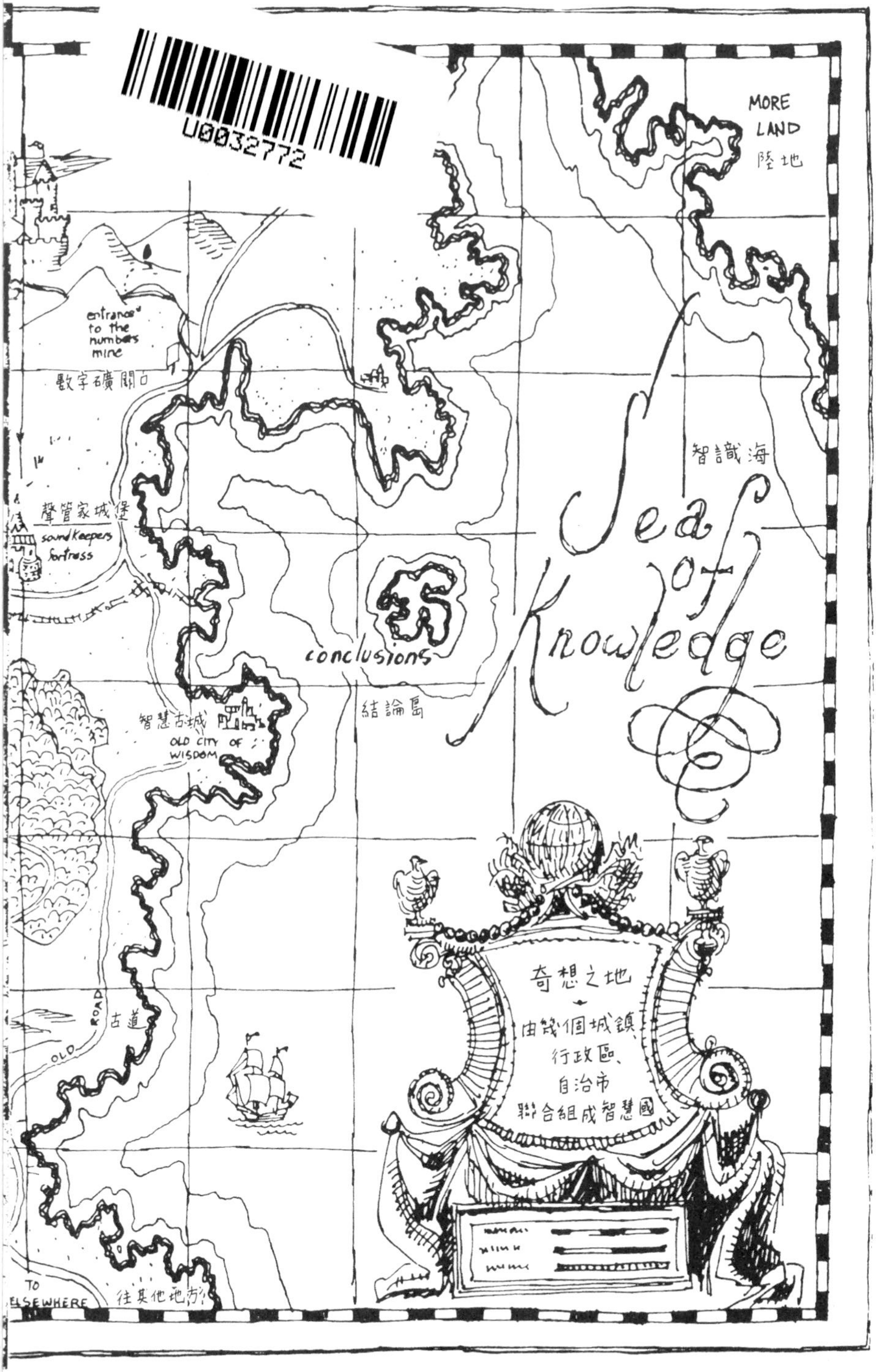

MORE LAND
陸地
entrance to the numbers mine
數字礦開口
聲管家城堡
soundkeepers fortress
Sea of Knowledge
智識海
conclusions
結論島
智慧古城
OLD CITY OF WISDOM
古道
OLD ROAD
TO ELSEWHERE
往其他地方
奇想之地
由幾個城鎮、
行政區、
自治市
聯合組成智慧國

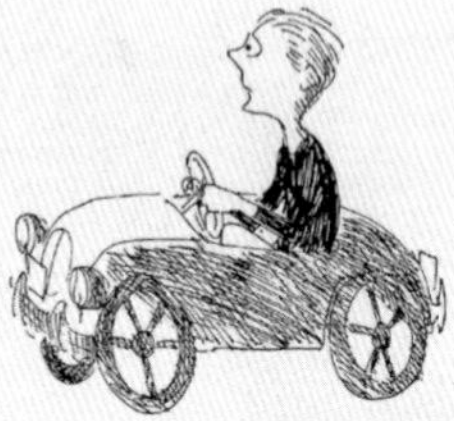

The Phantom Tollbooth
神奇收費亭

電影暖身版
傳奇再現

諾頓·傑斯特 Norton Juster 著｜**吉爾斯·菲佛** Jules Feiffer 繪
吳宜潔 譯

各界好評

《神奇收費亭》恰到好處地縱躍、飛跳與遊走於各處，體現出經典作品的風範，引起早期評論者熱絡的回應，一篇篇書評都添加了傑斯特風格的雙關語與文字遊戲。評論者將本書與《愛麗絲夢遊仙境》相提並論也無可厚非，「因爲作者抨擊尋常的用字遣詞時，展現了相似的機智、尖刻與玩味」。

《神奇收費亭》是一個時代、一個地方的產物，卻總能令我心中湧生無盡懷舊之情。本書出版於一九六一年的紐約市，當時是美國兒童文學的黃金時期，我、諾頓、吉爾斯等作家有幸踏上了出版書作的大冒險，在人們幾近忘卻的時代放手一搏、狂歡作樂，除令人耳目一新之外，沒有任何事物能誘惑我們的心。之所以缺乏誘惑力，是因爲金錢收益不高，且「童書」一直是「文學職涯階級」中的最下等。簡單而言，保持一身清淨、不忘自我，其實十分容易，我們不過是一群愉快的鯨魚寶寶，拍著僥倖得來的成功潛入深水，尋找金銀珠寶，而《神奇收費亭》就是最純的黃金。

——莫里斯・桑達克（《野獸國》作者，八座凱迪克大獎、國際安徒生插畫大獎得主）

《神奇收費亭》是一本有魅力的書，透過最難得一見的「諷諭」手法對讀者施法。作者以雙關語為樂，和路易斯．卡洛爾的《愛麗絲》系列同樣充滿文字遊戲。（卡洛爾若讀到《神奇收費亭》中那臺坐了就不能說話的車——因為「一句話也不必，它就能前進」——肯定會驕傲不已。）雙關語的一大樂趣，就是從字面上的意思理解片語，像是半生不熟的點子、輕食與豐盛、米羅舌尖的字詞等等。傑斯特在語言方面的創意著實美味，在他思考的同時，種種驚人的想法都會萌芽。

每次重讀這本書，我都會再次發現它的新鮮與趣味。未來的兒童與成人無論用紙張或螢幕讀這本書——甚至是透過頭上的天線直接將內容傳送進大腦——都不會減少這本書的魅力與趣味，它贈予我們的智慧也不會消失。

——菲力普．普曼爵士（著作《黑暗元素》三部曲獲卡內基獎章、《衛報》兒童小說獎、科斯塔圖書獎，並入選《新聞週刊》的精選百書）

《神奇收費亭》就如故事中的收費亭，萬分神秘地出現在我的生命中，它是我父親一位老友送我們的禮物，我過去沒見過那位朋友，之後也沒再見過他。也許每一本好書在我們生命中出現的方式，都和米羅的收費亭一樣，是因緣際會下送到我們手中的禮物，等我們讀完故事、愛上那本書之後，總覺得這必是命運的安排。好書的種種魔法之中，最神秘、最神奇的一種，就是它會在最需要時出現在我們身邊。

米羅探索奇想之地的旅程（翻越扉頁，遵照精美地圖前進），同時也是我身爲讀者的旅程，而我的旅程也是他的旅程，我們一同踏上了所有讀者讀好書都會經歷的冒險之旅，進入傑斯特用語言建造、專門討論語言的語言世界。在這個世界中，一切都新奇有趣，歸來時，你就算原本沒有患上米羅的懶惰症，也同樣會覺得「現實世界」變得更深刻、鮮明，卻又在獲得解釋的同時發現一切比過往更加神秘奧妙。

——麥可．謝朋（普立茲得獎作家，著有《卡瓦利與克雷的神奇冒險》等暢銷書）

前幾年，有人把我介紹給諾頓．傑斯特時，我說出口的第一句話是：「謝謝你的《神奇收費亭》，我可以抱你嗎？」他二話不說，笑著張開雙臂，我想必不是第一個提出這種請求的讀者。擁抱過後，我勉強拼湊出幾句莫名其妙的話，試圖描述這本書對我的意義有多麼重大，卻沒有說出自己心中眞正的想法。

十一歲那年，英文老師要我們讀《神奇收費亭》，結果我深深愛上了這本書——愛上它的笑話、它怪誕的奇幻世界，以及隨米羅、答答與最有趣的虛應蟲冒險的刺激。讀完書後，老師要我們想像米羅的旅途多了一站，要我們自己寫下一章新故事——聽到這句話，我腦中瞬間爆發了煙火。我在地圖上加了新地點，這裡的住民都是會說話的巨大水果，至於他們遭遇的難題是什麼，我已經不記得——是害怕被吃掉？還是手臂太短，不適合他們圓潤的身體？——但我還記得朗讀這篇故事時，同學笑得很開心。那是我第一次寫出能引起觀眾反應的故事，這震撼又迷醉的感覺在我心中留下不可抹滅的印象。《神奇收費亭》對我影響之深，以致我二十歲顫抖著手開始撰寫劇本時，是那篇《神奇收費亭》小故事的成功，鼓勵我繼續努力下去。

——蘇珊．柯林斯（暢銷小說《飢餓遊戲》作者，時代雜誌「年度百大影響力人物」）

我無法用隻字片語描述《神奇收費亭》字裡行間的趣味。這本書充滿驚人的魔法生物、機智的對話、蜿蜒崎嶇的精采冒險、躍然紙上的插圖，還以新鮮的方式觸及你的感官，讀起來引人入勝，朗讀出聲更是幽默爆笑。除了笑聲這份獎賞之外，本書還帶給我們因小失大的警告，要我們明白：幽默感能拯救意義與帶來調和，就連最小的一聲「可是」也能摧毀不正義的權威。本書在趣味之中潛藏深遠意涵，我時時銘記在心的書中教訓是：兩個堅持與對方唱反調的人，其實對唱反調產生了共識；犯錯的唯一錯處，是不從錯誤中學習，因為「比起秉持錯誤原則而循規蹈矩，在理由正當的前提下，犯錯常能帶來更多進步空間」。

——瑪莎．米諾（前哈佛法學院院長、資深憲法教授）

請想像一個沒有「理韻」的遙遠國度，在這裡，政客天天重複彼此的言語，用同義詞隱藏真正的意思。在這裡，你去市場上買賣字詞，官員決定哪些字能說、哪些不能、哪些能寫、哪些不能。在這裡，你晚餐吃的是半生不熟的點子，人們還必須將自己說出口的字句吞回去。在這裡，人們因直言不諱入獄，大家再也不能出聲，而只要答案是正確的，就沒人在乎問題是否錯誤。在這裡，經濟學邏輯告訴你，你要的越多，得到的就越少，得到的越少，擁有的就越多。在這裡，人們的生活被芝麻綠豆般的小事與毫無意義的工作塡滿，「不眞誠小魔」隨時虎視眈眈。在這裡，人們不該區分現實與虛幻，並且訂下了莫名其妙的規則。在這裡，一切都被禁止，但卻不存在不可能發生的事。

我就是在這個國度度過童年。

我不是說諾頓．傑斯特寫了本關於極權政權的書，也不是說《神奇收費亭》是給年輕讀者的《一九八四》，但這位傑出的童書作家在書中討論了權力議題——國家對國民的權力，以及大人對孩子的權力。而諾頓．傑斯特與阿思緹．林格倫等傑出的童書作家一樣，選擇站在孩子這一邊。

——瑪莉亞．尼可拉耶娃（劍橋大學兒童文學研究中心主任，獲國際格林兄弟終身成就獎）

傑斯特先生的作品永遠提醒我，那也是米羅在冒險結束時學到的教訓：我們不需要妖精粉、沙仙活地魔、兔子洞或神奇收費亭，也同樣能展開精采大冒險。我們只需要大腦、勇氣與豐富的想像力，就能把全世界與全世界的魔法化爲己有，而這才是眞正的魔法。這，就是諾頓·傑斯特的才華。

——珍·柏雪（美國國家書卷獎得主，作品《夏天的故事》被喻爲是當代的《小婦人》）

我們不能要求所有讀者理解一本書中的每一個細節，但無論是什麼樣的讀者，都能在一則好故事曲折離奇的展開中尋得歡樂。《神奇收費亭》無疑是則好故事，但它同時也是冒險與奇幻小說，更是具挖苦意味卻又幽默的諷刺文學，並提出了切實的警告。這就是《神奇收費亭》能成爲「文學鉅著」的原因，也是讀者一次次翻開書本、回歸這則故事的原因。

——派特·史克斯（退休圖書館員與兒童文學顧問，也是圖書館言論與知識自由的專家）

《神奇收費亭》當然不是眞實故事，之所以看得出它是奇幻故事，是因爲最後主角成功拯救了甜韻與純理，而且學習、適度與妥協等秩序都恢復了，我們都知道，現實世界不可能發生這種事情。但其他方面而言，這本書比現實還要眞實，因爲你還能「玩」它（我太太還記得小時候和弟弟玩「直墜結論島」遊戲，開心得不亦樂乎）。一則好故事的特色就是它不會在書頁結束時跟著結束，而會在讀者的幻想中留存數天、數週，甚至是五十年。

我認爲《神奇收費亭》能做到這點，是因爲米羅新鮮的眼光與那份驚奇。諾頓平時戴眼鏡，年紀也比米羅大好幾歲，不過他的眼光和米羅同樣新鮮。

所以，現在諾頓．傑斯特的《神奇收費亭》落在了你手裡，無論你是再次重溫這本書或初次閱讀，都敬請享用每一口美味的文字，好好飽餐一頓。

——莫．威廉斯（紐約時報暢銷繪本作家。三度獲得凱迪克獎，兩次獲得蘇斯博士紀念獎）

五十週年新版作者自序

上天要懲罰你時，祂就會滿足你的（寫書）願望

《神奇收費亭》就像大部分出現在我生命中的美好事物一樣，是在我試圖逃避其他一些本來應該做的事情時撰寫的。有些人就是會這樣，我也是其中一個。請容我來說明原委。

一九五七年退伍時，我來到紐約，爲了日後成爲建築師所需要累積的經驗，我開始在建築師事務所工作。那是我在現實生活中的樣貌，也是我對自己的看法。如果半夜把我搖醒，想要了解我這個人，那在我說自己是「作家」或「老師」以前，會先脫口而出的就是「建築師」。這不代表我將自己的寫作或教學視爲次要活動。這兩件事對我非常重要。但建築形塑了我看待世界與開發點子的方式。

在紐約工作期間（一九五八至五九年），我開始感興趣的是人們如何看待與體驗自身環境——造成場域空間舒適或不適的因素爲何，以及人是怎麼打造城鎮與都市。突然有個念頭浮現我腦海：爲孩子寫一本與這個主題相關的書，或許會很有趣，也挺實用。畢竟，孩子的

覺察與關注能夠影響我們未來的環境。我拿到一筆贊助金來撰寫一本關於都市規畫與都市識覺（urban perception）的書，並辭掉工作，積極著手這項企畫所需的大量研究。不久我就認清眞相，也體悟到一句古老諺語：「上天要懲罰你時，祂就會滿足你的願望。」

撰寫工作進行幾個月後，我筋疲力盡，招架不住，於是到海邊放自己一個星期的假，就只是在沙灘上散步。當然，爲了停止思索都市規畫的事，我必須想別的。漫步時，我想起幾週前在一家餐廳裡的一場對話。當時，我一個人等候帶位，這時一個約十或十一歲的男孩走到我旁邊坐下。過一會兒後，他突然問道：「最大的數字是多少？」這問題令人驚愕，但小孩專門愛問這類題目。於是，我問他認爲最大的數字是什麼，然後要他再往這個數字上「加一」。他也對我做同樣的事。我們持續一來一往，度過一段美妙的時光，並討論起無窮大，並明白這題目根本無解。我好奇心因此升起，並回想起自己的童年記憶，以及過去思考生活奧秘的方式。就這樣，我開始創作一些小故事，裡面包括孩子對數字、字詞的爭論，以及強加給孩子的意義與其他奇奇怪怪的觀念。

寫的愈多，我回想起的兒時感受和好奇的事情愈多。爲什麼我必須學習這麼多與我當時的生活似乎毫不相干的事？理解這個世界，以及它奇怪又不合邏輯的運作方式，好困難。而且我花費大把的時間，多半是耗在對於執行與學習任何事的冷感上。對十歲的我而言，這些事看來簡直沒有太多道理可言。

我開心地信筆揮灑，故事也愈寫愈多。最棒的是，我原本該做的書已遠遠超出自己的想法。在不知道一切會怎麼發展的情況下，我不停書寫，直到匯集了各種片段、對話和角色。我很享受這段美好時光，酷愛這個能徹頭徹尾顛覆事情的好機會，並縱情於從小到大父親引導我接觸的所有冷笑話、雙關語和文字遊戲。

寫了五十頁左右之後，有個朋友全部拿去給她認識的一位編輯。幾週後，我拿到出書合約。我的老天啊，現在它要成書了，而且我還一定要完成。這下子再也不只是寫著玩了。不再是我支配這個故事；而是它支配我！我重回起點，並竭盡所能的忘掉那紙合約。慢慢的，樂趣又回來了。大概六個星期後，公主得救了，有些運作至少暫時恢復正常。米羅和我也學到一些事。

關於插圖，我一定得要介紹一下。寫書期間，我在紐約和吉爾斯．菲佛都住在一間破舊的雙層公寓裡。當時，吉爾斯的事業才剛起步。他對自己樓上不停出現的來回踱步聲開始感到好奇，接著不時會跑來閱讀我正在撰寫的段落，並畫出可能當插圖的素描作品。這些素描畫得實在太好了，完全捕捉到這本書的神髓。我們很確定該由他來畫插圖。不過遇到若干小問題，好比有些東西，吉爾斯就是不喜歡畫。頭一個碰上的就是地圖。我熱愛地圖，我覺得自己寫這本書的理由之一，根本就是可以學我鍾愛的兒童文學作家亞瑟．蘭塞姆*的作品那樣收錄地圖。所以我和他聯手繪製地圖。還有，吉爾斯也不喜歡畫馬。本書結尾場景裡，米羅和公主逃脫惡魔手掌心時，智慧國大軍正是騎在馬背上。吉爾斯原先的素描是畫他們騎著貓。過一陣子之後，這變成一種遊戲——吉爾斯不斷嘗試琢磨出自己想要的繪圖方法；至於我，就是不停創造出爲他帶來最大難題的事物。舉例來說，在無知峰中有一群會威脅米羅的惡魔，當中有個妥協三重獸：一個高瘦，一個矮胖，第三個和另外兩個完全雷同。出於某種原因，三重獸就是從來都沒有成畫。不過，吉爾斯後來替自己報仇了，他把我畫成「是不是先生」（請見本書31頁），一個穿著古羅馬托加長袍、矮肥禿頭的半瘋子。這很不公平，因爲大家都知道我從沒穿過托加長袍。

總之，我不曾再回頭寫那本都市識覺的書了，但有趣的是，我爲那本書思索的許多事，確實都自行注入《神奇收費亭》裡。或許有一天，當我試圖逃避做別的事情時，會再回到那本書上吧。

諾頓・傑斯特

（林淑鈴／譯）

---

* Arthur Ransome（1884-1967），著有極富想像力的《燕子號與亞馬遜號》系列，內容講述四個孩子駕駛燕子號遭遇海盜的冒險事蹟。

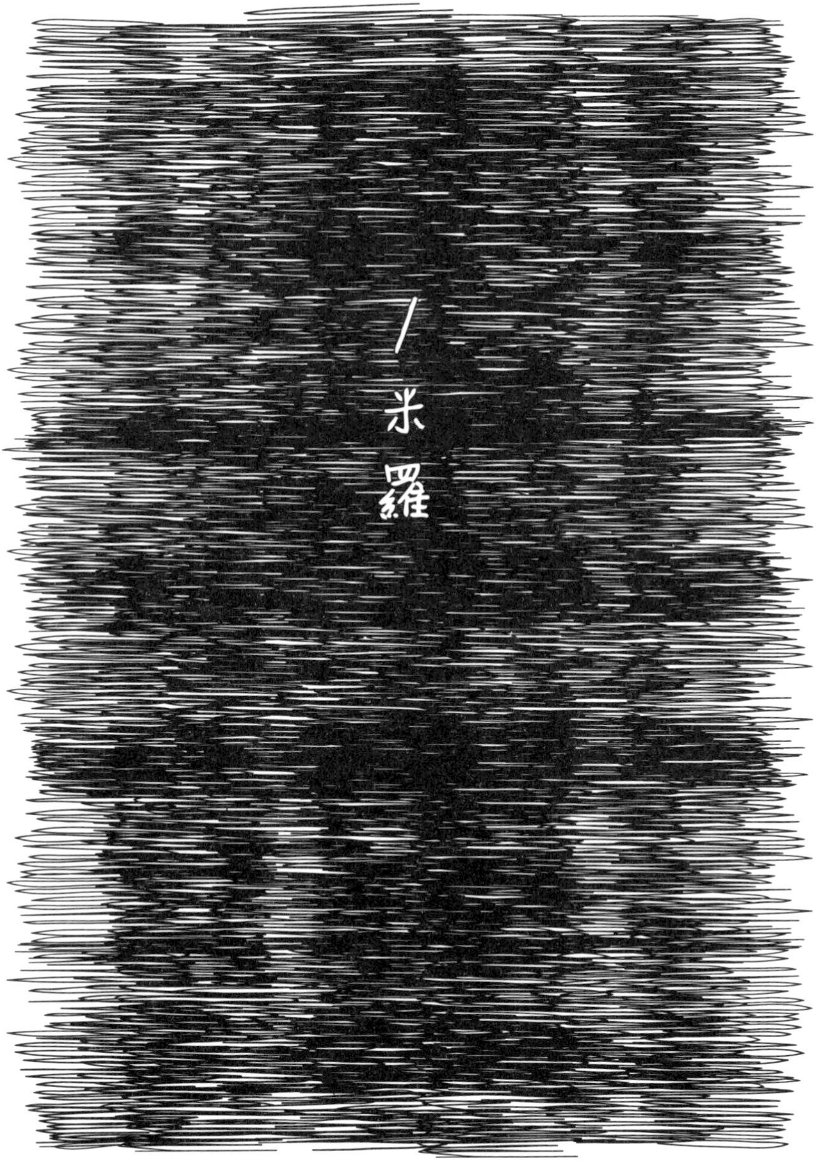
1
米羅

從前，有個男孩叫米羅，成天嫌日子很無聊。

在學校的時候，他想出去；當他眞的出去了，又想進來上課。走在路上時，他想著要回家；可是一回到家，他又想出去了。不管他在哪裡，總希望自己在別的地方；等他眞的到了，又懷疑自己爲何要大費周章。沒什麼事能引起他的興趣——尤其是非做不可的事。

「唉，盡是做些浪費時間的事情。」一天，他放學回家時，沮喪地說：「我不懂爲何老是學些沒有用的東西——雞兔同籠幾隻腳、衣索比亞在哪裡、『貳』又該怎麼寫……唉！」因爲沒人願意回答他的問題，於是他認爲上學實在很費時。

當他與他的鬱悶念頭匆忙前進時（雖然他從不急著去哪裡，卻喜歡以最快速度抵達），他覺得世界如此之大，感覺卻那麼渺小、空虛，實在不可思議。

「最糟的是，」他悲傷地說：「根本沒事可做、沒地方可去、沒東西可瞧。」他深深嘆了口氣，聽得一隻原本在旁哼歌的麻雀瞬間住口，連忙飛回窩。

米羅一刻不停留，匆匆走過路旁的建築和忙碌的店鋪，幾分鐘內就到了家——穿過前廳——跳進電梯——二、三、四、五、六、七、八，隨即跳出電梯——打開公寓大門——跑進他的房間——鬱卒地縮進椅子裡，嘴裡喃喃有詞：「又是一個漫長的下午。」

他悶悶不樂地望著他的東西。書？拿起來讀實在太麻煩；工具？他怎麼也學不會該怎麼用；小型電動車？好幾個月沒開了，還是好幾年了？還有上百種遊戲和玩具、球拍跟球，零

零碎碎的小東西散落一地。就在這時，在房裡的某一側、收音機的旁邊，他注意到一個絕沒見過的東西。

是誰送來這麼大、又這麼怪的包裹？它既不方，也不圓，但絕對是個超級大包裹。

包裹一側貼著藍色大信封，上面寫著：「給時間最多的米羅」。

要是你曾收過驚喜包裹，一定能想像米羅有多興奮，又有多困惑。要是你從來沒收過，那麼請好好收看以下故事，因爲說不定驚喜某天會出現。

「今天不是我生日啊。」他一頭霧水地說：「離聖誕節還有好幾個月，我也沒有特別厲害，連乖都稱不上。」（他不得不承認。）「我大概不會喜歡這禮物吧，但是不知道它從哪裡來，我也沒辦法寄回去。」他仔細想了好一會兒，基於禮貌，打開了信封，上頭寫著：

童叟無欺，神奇收費亭。

在家安裝簡便，專供不曾去過奇想之地的人使用。

「奇想之地？」米羅邊讀邊想。

內含：

・一個收費亭（正品）；請遵照指示安裝。

・三面警告標誌；務必謹慎使用。

・付過路費的各式硬幣。

・一份地圖；最新版本，特聘大師級製圖師精心繪製自然、人工景物。

・一本法令和交通守則；不容扭曲或破壞。

底下則有小字這麼作結：

結果並不保證。但若未達滿意標準，浪費的時間將全數退回。

米羅遵照指示，割開這兒、抬開那兒，再把東西折起來。很快地，他將收費亭取出，讓它立了起來。接著，裝上

窗戶，黏上屋頂，繫牢投幣盒。眼前的東西，確實跟他和家人出去玩時看到的收費亭一樣。當然，這個小的多，而且是紫色的。

「眞是奇怪的禮物啊。」他自己心想：「只差一條高速公路了；沒有路，實在很怪。」不過，他也沒其他東西想玩，於是把三面招牌架起來：

·靠近收費亭時，請減速慢行

·請準備好過路費

·記住你的目的地

接著，他緩緩打開地圖。

那確實是張美麗的地圖，以多種顏色繪成，顯示主要道路、河流、海洋、小鎮、城市、山峰、溪谷、交叉口、迂迴路，以及壯麗的名勝地。

唯一的問題是，地圖上的地名，米羅從來沒聽過。而且聽起來怪極了。

「不會眞的有這個國家吧！」仔細看過地圖後，他這麼說。「唔，不過沒關係。」他閉上眼睛，隨意指著地圖。

「文字城。」看著手指選中的地名，米羅慢慢唸出。「唔，就去那兒碰碰運氣吧。」

他穿過房間，拍掉汽車上的灰塵。接著，他帶著地圖和手冊跳進車裡，心想也沒其他事好做，於是緩緩開向收費亭。當他投進硬幣、車輪開始滾動，他若有所思地說：「唉，希望很好玩，否則就要無聊死了。」

2 超乎期待

忽然間，他發現自己沿著一條陌生的公路加速前進。再回頭望時，收費亭、他的房間、甚至整棟屋子都不見了。一開始只是虛構的東西，此時卻變得眞實莫名。

「怎麼會這麼神奇？」他心想（相信你也這麼想）。「看來我低估了這個遊戲，一架從天而降的收費亭竟然可以帶我踏上未知的旅程，前往沒聽過的地方。幸好今天是適合出遊的好天氣。」他樂觀地下結論，而那也是他唯一能確定的事。

陽光閃爍，天際晴朗，觸目所及的色彩都比記憶中更加鮮豔明亮。花朵閃閃動人，像被洗滌、擦亮過一樣；夾道的高聳綠樹閃爍著銀色光澤。

路的一邊有間小房子，一面標誌工整寫著：

歡迎進入你的期望。樂意提供資訊、預測與建議。請在此停車，並鳴喇叭。

才按了一聲，一個穿著長大衣的矮人便從屋裡衝出來，嘰哩呱啦地快速重複每一句話：

「我的天、我的天、我的天、我的天、我的天，歡迎、歡迎、歡迎、歡迎來到期望之地、來到期望之地、來到期望之地。這些日子我們都沒什麼訪客，這些日子我們確實沒什麼訪客。我能為你做點什麼呀？我叫是不是。」

「呃……去文字城……走這條路對嗎？」米羅怯生生地問，有點被熱烈的迎接嚇到。

「啊、啊、啊。」他又開始說：「我不知道去文字城有什麼錯的路，所以這條路要是通往文字城，那肯定就是對的路；要是沒有，就是通往其他地方的路，因爲沒什麼地方是錯的路。你覺得我今天會被雨水淋濕嗎？」

「啊？你不是叫濕不濕嗎？」米羅困惑地問。

「噢，不。」矮人說：「我叫是不是，不叫濕不濕。我畢生認爲，是不是會被淋濕，比濕不濕更重要。」說完，他馬上鬆開手中的氣球，氣球頓時航向天際。「得了解一下風向才行。」他一面得意自己的俏皮話，一面望著氣球消失。

「期望之地究竟是什麼地方？」米羅問。因爲他實在聽不出箇中幽默，也懷疑這個人的神智狀況。

「問得好、問得好。」他驚呼：「在抵達你的目的地以前，一定要先去期望一下。當然囉，有些人一直停留在期望，超越不了，但不論他們喜歡與否，我的工作就是要催他們快馬加鞭。我還可以爲你效勞什麼嗎？」

米羅還來不及回答，男人就衝進屋裡，拿了大衣和雨傘。

「我想我能找得到路吧。」米羅說，儘管他一點把握也沒有。不過，

他實在弄不懂眼前這個人，心想還是繼續往前走，或許會遇到講話通順一點、不會每句話都在倒退遊走的人。

「太好了、太好了、太好了。」是不是先生又驚呼起來：「不論你是不是找到你要的路，你一定會找到某條路。要是你剛好找到我的路，麻煩還給我，因爲已經失蹤多年囉。這下子八成老早生鏽了。你剛剛說會下雨，是吧？」於是他打開傘，緊張兮兮地抬頭張望。

「眞高興你做了決定。我自己很痛恨下決心，什麼事都一樣——無論是好是壞、是上是下、是進是出、是晴是雨。我總愛說：凡事做好心理準備，就不會有出人意料的狀況了。你說是不是？好啦，請小心開車。再見、再見、再見、再……」他的最後一聲再見、被一陣轟然雷鳴淹沒。當米羅在耀眼的陽光下繼續前進，他看見是不是先生獨自站在傾盆大雨裡，猛烈的雨珠似乎只打在他一個人身上。

道路朝下蜿蜒，進入一片翠綠山谷，一路延展至地平線。小小的車子蹦蹦跳跳地前進，米羅不須太踩油門，便能隨心所欲地前行。他很高興又繼續上路了。

「能在期望之地待一會兒確實很不錯。」他心想。「但和那個矮人講一整天的話，就什麼地方也別想去了。他眞是我看過最怪的人了。」米羅說。然而，他還不知道有更多更怪的人在前面等著他呢。

他沿著寧靜的高速公路開著，不久便做起白日夢，對自己的方向越來越漫不經心。沒過多久，他完全忘了留意。因此，當他來到交叉路口時，路標明明指著左邊，米羅卻開往右邊，走上一條貌似歧途的詭譎之路。

一離開主道後，周圍景物瞬間變化。天空灰濛濛的，整座鄉村也似乎頓失色澤，披上一致的單調色彩。一切都靜悄悄，就連空氣也凝重地懸浮著。鳥兒開口只有晦澀的曲子，道路來回交纏，無止盡地爬升彎曲。

開過一哩，

一哩，

又一哩。

他開著車，車子卻越變越慢，像是在動，也像是沒動。

「看來我哪裡也去不了。」米羅打了呵欠，變得又睏又累。「希望沒轉錯彎才好。」

開過一哩，

一哩，

又一哩。

周圍景物越來越灰暗、單調。最後，車不動了，無論他怎麼試，也沒辦法讓它移動。

「眞不知道我在哪兒。」米羅憂慮地說。

「你……在……無聊……谷。」遠遠傳來一聲呼號。

米羅環顧四周，看是誰在說話。但是沒有半個人，只有靜止的死寂。

「沒錯……在……無聊……谷。」另一個聲音打著呵欠說，但米羅一個人影也沒見著。

「無聊谷是什麼？」他大喊，很希望看見這一次回答的人。

「無聊谷，我的小兄弟，就是沒有任何事發生、也沒有任何事會改變的地方。」

這一次，聲音是從很近的地方傳來，米羅嚇得跳了起來。因爲在他的右肩上，一個和他上衣同色的小生物，輕盈得讓他幾乎沒有注意到。

「讓我自我介紹一下，」那生物繼續說：「我們是瞌睡人，在此爲你服務。」

米羅看看四周，看見一大群瞌睡人——有的坐在汽車上，有的站在路上，有的躺在樹上。他們很難辨識，因爲無論坐在什麼東西上或靠近哪裡，他們總是和周圍同一個顏色。每隻都非常相像（除了顏色以外），有些甚至像別人，而不像自己。

「很高興認識你們。」米羅說，但其實，他並不知道自己是不是眞的高興。「我認爲我

迷路了。你們能幫幫我嗎？」

「別說『認爲』，」坐在他鞋上的瞌睡人說，因爲他肩膀上的那隻睡著了，「那是違法的。」於是他打起呵欠，自己也睡著了。

「進無聊谷的人都不准思考。」第三隻人接著說，也開始打起盹來。每隻瞌睡人一說完話，就會跌入夢鄉。但是話題不斷接續，絕無冷場。

「你身上沒有手冊嗎？是第 175389-J 條當地法令。」

米羅很快從口袋掏出手冊，翻到那一頁，唸著：「法令 175389-J：無聊谷境內，思考乃非法、違法、不道德之事，凡是想到思考、推理、假設、判斷、沉思或臆測，違法者將重刑嚴懲！」

「眞可笑！」米羅相當憤慨地說：「每個人都會思考啊。」

「我們就不會。」所有瞌睡人異口同聲地說。

「大部分的時間，你也沒有思考啊。」一隻坐在水仙花裡的黃色瞌睡人說：「所以你才在這裡。你沒有思考，也沒有好好留意身邊事物。漫不經心的人常常被困在無聊谷裡的。」說完，他便從花裡跳出來，掉在草叢裡打鼾起來。

這隻小生物的怪異舉止讓他不禁笑了出來，雖然他知道自己很沒禮貌。

「喂、喂！」一隻穿格子呢襯衫的瞌睡人緊抓著他的襪子。「笑是違法的。你沒有看手冊嗎？在當地法令第574381-W條。」

米羅又把書打開，找到第574381-W條：「無聊谷境內，笑聲會讓人皺眉頭，只有隔週四可以微笑。違者嚴懲。」

「唔，如果不能笑，也不能思考，請問你們能做什麼？」米羅問。

「什麼都可以，只要什麼都沒有；每件事都行，只要什麼也不是。」另一隻解釋道：「好多事可以做，我們的行程忙得很——

「八點起床，接下來——

「八點到九點，做白日夢。

「九點到九點半，晨間小盹兒上半場。

「九點半到十點半，遊手好閒、拖拉打混。

「十點半到十一點半，晨間小盹兒下半場。

「十一點半到十二點半，等待時機，吃午餐。

「一點到兩點，逗留徘徊。

「兩點到兩點半，早場午睡。

「兩點半到三點半，把今天可以完成的事留給明天。

「三點半到四點，中場午睡。

「四點到五點，我們懶洋洋閒晃，直到晚餐時間。

「六點到七點，我們三心二意磨蹭。

「七點到八點，晚場午睡，九點上床睡覺前的一小時，我們浪費時間。

「這樣你該看得出來，根本沒有時間焦慮、停滯、落後、耽擱，要是我們停下來思考或講話，我們就沒有事都辦不成了。」

「你是指什麼事都辦不成。」米羅更正道。

「我們才不想辦成什麼事。」一隻瞌睡人忿忿說道：「若要什麼事都辦不成，不需要你的幫忙我們也能辦到。」

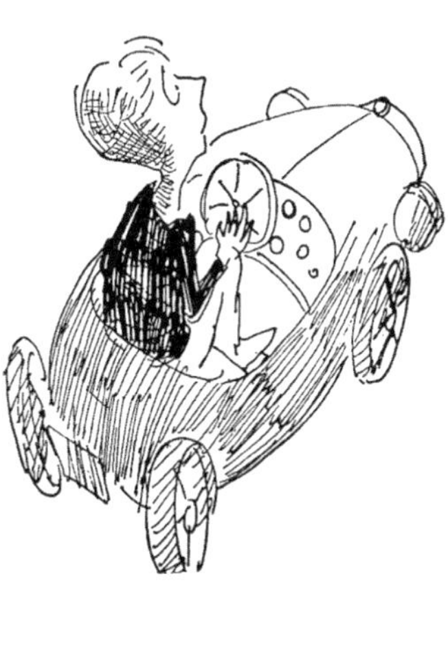

「想想看，」另一隻人用溫和一些的語氣說：「一整天無所事事實在很辛苦，所以我們一星期放假一天，去哪兒都不去，你出現時我們才正要去那裡。想加入我們嗎？」

「我想可以吧。」米羅心想：「反正也像是我會去的地方。」

「告訴我，」米羅打起呵欠說，因爲這會兒他也覺得愛睏起來，「這邊的人每天都遊手好閒嗎？」

「除了那隻可怕的看門狗外。」兩隻瞌睡人齊聲打顫著說：「他總是東嗅西嗅，確定沒有人浪費時間。實在是個不討喜的傢伙。」

「看門狗？」米羅問。

「看門狗！」另一隻瞌睡人大喊，嚇得昏過去，因爲從路的那頭凶惡狂吠、激起千捲煙塵的，正是他們口中的那條狗。

「快跑！」

「醒醒！」

「快跑！」

「他來了！」

「是看門狗！」

瞌睡人大吼大叫，各自鳥獸散，很快就都不見了。

「嗚——汪——汪——汪！」看門狗往車子衝去，氣喘吁吁。

米羅的眼睛睜得圓滾滾的，因爲眼前是一隻大狗，一顆頭、四隻腳、一根尾巴，但是身體卻裝著滴答巨響的鬧鐘。

「你在這裡幹麼？」看門狗咆哮問道。

「我有些無聊，來殺殺時間。」米羅充滿歉意地說：「你瞧——」

「殺時間！」看門狗暴怒大吼，氣到自己的鬧鐘都停了。「浪費時間就已經夠糟了，竟然還要殺掉它！」這個念頭讓他氣到發抖。「還有，你怎麼會跑來無聊谷？沒別的地方去嗎？」

「我本來要去文字城，半路卻困在這裡。」米羅解釋道：「你能幫幫我嗎？」

「幫你？你得自己幫自己！」那隻狗一邊回答，一邊用左後腿小心翼翼地上發條：「我想你知道自己爲什麼被困住。」

「我想，可能是因爲我沒有動腦思考吧。」米羅說。

「正是如此。」看門狗大叫，同時鬧鐘也響起。「現在你知道該怎麼做了吧。」

「好像不知道……」米羅承認，覺得自己挺笨的。

「唔，」看門狗不耐地繼續說：「既然你是因爲沒思考才來這裡，那麼爲了出去，你得開始動腦思考，這樣的要求應該合理。」說完，他便跳進車裡。「不介意我進來吧？我喜歡乘車兜風。」

米羅開始絞盡腦汁地想事情（這是件難度很高的挑戰，因爲他很不習慣）。他想到會游泳的鳥，會飛的魚。他想到昨天的午餐，明天的晚餐。他想到J開頭的詞，3結尾的數字。想著想著，輪子眞的開始轉動起來。

「我們在動了，我們在動了！」他愉快地大喊。

「繼續想！」看門狗苛責道。

當米羅的頭腦活躍地轉呀轉，小汽車就會越開越快。才一晃眼的工夫，他們就出了無聊谷，回到主要高速公路上。所有顏色都回歸原本的明亮，當他們在路上飛快前進，米羅開始思考各種事情。他想到許許多多的迂迴路，想到一不小心就可能轉錯彎；他想到能再次動起來的感覺眞好，最棒的是，只要稍微動個念，就能成就好多好多的事。至於那隻狗，他把鼻子伸出車外吹著風，直挺挺地坐著，盡忠職守地滴、滴、滴、滴。

3 歡迎来到文字城

他們開了一段路後，看門狗說：「請原諒我剛剛的粗野。但是你也知道，看門狗得擺出凶惡的架勢……」

米羅對於成功逃出無聊谷，鬆了一大口氣。他安撫著看門狗，說自己不但不覺得被冒犯，還非常感激他的幫忙。

「太好了！」看門狗大喊：「我感到非常欣慰。我相信接下來的旅程會讓我們成爲好朋友。你可以叫我答答。」

「以一隻一天到發出滴、滴、滴、滴聲音的狗來說，這名字還眞不搭。」米羅問：「他們爲什麼不乾脆叫你——」

「別說出口！」看門狗倒吸一口氣說，米羅在他的眼睛看見豆大的一滴淚。

「我不是故意害你傷心的。」米羅說，他眞的是無心的。

「不要緊。」看門狗打起精神說。「那已是陳年舊事，也是悲傷的往事，但是我現在可以告訴你了。」

「我哥哥出生時，是我們家的第一隻小狗，我爸媽喜出望外，立刻把他取名爲滴滴，想說這一定是他會發出的聲音。想不到，初次爲他上發條時，卻驚訝地發現他不是滴滴滴滴滴滴滴滴，而是答答答答答答答。他們趕緊衝去戶政事務所改名，卻爲時已晚。名字已正式登記，不容更動。等我出生時，他們告訴自己絕不能犯同樣的錯。照邏輯推理，他們的小孩都應該發出同樣的聲音，所以他們就叫我答答。說到這兒，相信接下來的故事你也都猜得到了——我哥哥叫滴滴，但是他成天答答作響；我叫答答，卻一整天滴滴響。所以我們兄弟倆，一輩子都得別著錯誤的名牌。我爸媽憂勞過度，再也不生小孩，只想專心做好事，幫助貧苦飢餓的人。」

「那你又是怎麼變成看門狗的？」米羅希望能轉移話題，因為答答正號啕大哭著。

「這項安排，」他一隻腳掌揉揉眼睛，「也是傳統。我們家的人一直是看門狗。世代相傳，幾乎打從時間的起點就是。」

「你瞧，」他繼續說，心情好多了，「要是沒有時間的話，大家會覺得很不方便，根本弄不清楚是在吃午餐還是晚餐，也常常會趕不上火車。於是有了時間，幫助他們追蹤一整天，到應該去的地方。當他們懂得計算時間後——一分六十秒、一小時六十分、一天二十四小時、一年三百六十五天——彷彿有用不完的時間。於是大家普遍認為：『如果真有這麼多，想必時間不值錢。』時間於是喪失名譽。大家開始大肆浪費，甚至送給別人。所以我們被指派監督，確保沒有人浪費時間。」他說，得意洋洋地坐直身體。「任務雖然艱鉅，卻有高貴的使命。因為——」這會兒他在位子上站起來，一隻腳還抬在擋風玻璃上，伸出手臂高喊：「時間是我們最尊貴的資產，鑽石也無法比擬。它闊步前進，波波潮浪不為誰停留——」

就在那時，小汽車撞上一處凸起，看門狗在前座擠成一團，身體裡的鬧鐘再次驟響。

「你還好嗎？」米羅大喊。

「呃，」答答咕噥著：「抱歉，情緒一時太過激昂，但我想你懂我的意思。」

他們繼續往前開，答答依舊在解釋時間的重要性，引述老哲學家、詩人的語句，不時手舞足蹈，讓他差點跌下高速行駛的小汽車。

沒過多久，他們遠遠看見文字城的塔樓上，風中飄揚的旗幟在陽光下閃耀。一轉眼，他們已來到城牆前，站在通往城裡的門口。

「咳——咳。」守衛響亮地清清喉嚨，聲音清脆引起注意：「這裡是文字城，一個快樂的王國，優美座落在困惑丘的山腳下，任由智識海的微風徐徐吹拂。依皇室公告，今天是市集日。請問你是來買還是賣？」

「你說什麼？」米羅說。

「買還是賣？賣還是買？」守衛不耐煩地重複：「到底是哪一個？你們來到這裡總該有個理由吧。」

「唔，我——」米羅準備要說。

「來吧，如果你們找不到理由，至少有解釋或藉口吧。」守衛插嘴道。

米羅搖搖頭。

「這可嚴重了，這可嚴重了。」守衛搖搖頭說：「沒帶理由是不能進去的。」他想了一會兒，然後繼續說：「等等，或許我有個舊理由，可以給你們用。」

他從門房裡提出一只破舊的行李箱，急忙翻找一陣，一邊對自己喃喃有詞：「不是……不是……不是……這個不行……不……嗯……噢，這個可以！」他興奮地大喊，舉起一條鍊子上的小徽章。他抖抖灰塵，其中一面刻著：「有何不可？」

「這個理由幾乎能應付各種情況——或許有點舊了，但還是可行。」就這樣，他把鍊子掛在米羅的脖子上，推開厚重的鐵門，屈身行禮，示意他們進城裡。

「不知道市集會是什麼樣。」他們一邊穿過大門，米羅一邊心想。但是沒等到答案，他們就開進偌大的廣場，裡頭擠滿攤位，堆滿各種商品，還用灰彩旗加以裝飾。頭上是一面橫幅，寫著：

歡迎來到文字市集

廣場的另一頭，則有五個又高又瘦的紳士，一身隆重打扮——絲衣緞布、高禮帽、鈕釦靴。他們衝到汽車前，忽然停下，抹抹五面額頭、深吸五口氣、攤開五捲羊皮紙，開始輪流讀誦：

「歡迎！」
「敬禮！」
「致意！」
「午安！」
「哈囉！」
米羅點頭示好，於是他們繼續唸卷文。
「以阿札茲王之令——」
「文字城國王——」
「字義的君主——」
「片語、句型、各類修辭比喻的帝王——」
「提供殷勤好客的王國，」
「國家，」
「政府，」
「共和國，」
「國土，」
「帝國，」

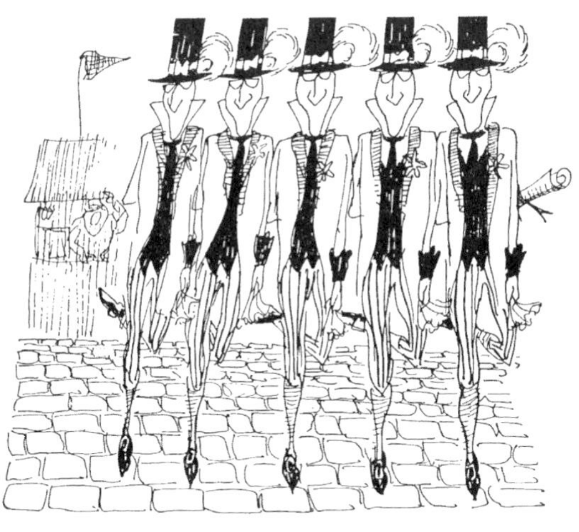

「領地，」

「公國，」

「這幾個詞的意思不都一樣嗎？」米羅倒抽一口氣。

「那當然。」

「還用說。」

「絲毫不差。」

「正是如此。」

「沒錯。」他們一一回答。

「唔，」米羅實在不了解他們爲什麼要用些微不同的文字，來表達同一件事。「只用一個詞來說，不是會簡單一點嗎？聽起來也會比較合理。」

「無稽之談。」

「可笑至極。」

「異想天開。」

「荒謬。」

「胡扯。」他們又齊聲大叫，接著又繼續：

「我們對合不合理沒興趣，那不是我們的工作。」第一個責備道。

「再說，」第二個解釋道，「每個字都差不多好，爲何不全部一起用？」

「這樣就不必選出正確的字眼。」第三個建議。

「此外，」第四個嘆口氣說，「如果一個詞對，十個詞就是十倍對。」

「你顯然不知道我們是何方神聖。」第五個譏諷道。接著，他們一個個自我介紹：

「定義公爵。」

「意義部長。」

「精髓伯爵。」

「含義爵爺。」

「理解次長。」

米羅細聽介紹，答答輕聲咕噥，部長則繼續解釋：

「我們是國王的顧問，用術語來說，我們是他的內閣。」

「這個字有三種意思，」公爵引述道：「一、私人房間或衣櫃、抽屜櫃，保存貴重物品，或展示奇珍異寶；二、部長大臣會議場所；三、向國家元首進諫之正式顧問團。」

「你瞧，」部長接著說，還不忘對公爵行禮，「文字城是全世界文字的發祥地。它們都在我們的庭園裡生長。」

「我從不知道字長在樹上。」米羅怯懦地說。

「不然你以爲它們長在哪兒？」伯爵惱怒大吼。一小群民眾忽然過來圍觀，都想看看這個不知道字長在樹上的小男孩。

「我根本不知道它們是用長的。」米羅這下子更膽怯了。好幾個人傷心地搖搖頭。

「唔，錢總不會長在樹上吧，會嗎？」爵爺問道。

「沒聽說過。」米羅說。

「如果一定要有東西長在上頭，何不就長幾個文字？」次長勝利高呼，群眾紛紛爲他的邏輯讚嘆後，便繼續各做各的事。

「再者，」部長不耐地繼續說，「每星期，皇令會在大廣場舉辦一次文字市集，讓各地來的民眾買他們需要的字，或交易他們沒用的字。」

「我們的工作，」爵爺說，「就是要確保所有出售的字都像話，絕不能賣些沒意義或根本不存在的字。舉例來說，要是你買到『[illegible]』，去哪兒才能派上用場？」

「確實很難。」米羅心想，不過實在有好多艱澀的文字，他一個也不認得。

「不過，我們不會選擇用字。」他們走向市集攤販，伯爵解釋：「只要它們的意思有意思，我們就不在乎是否合理。」

「純眞或壯麗。」爵爺補充道。

「緘默或常識。」次長說。

「聽起來挺簡單的。」米羅客氣地說。

「就像從圓木跌下來那麼容易。」伯爵大喊，說完便砰的一聲從圓木跌下。

「你非得這麼笨手笨腳嗎？」公爵大喊。

「我只不過是說——」伯爵搓搓頭想解釋。

「我們都聽到了。」部長生氣地說：「找個比較不危險的詞句吧。」

公爵抖抖身上的灰塵，其他人則竊竊私笑。

「你瞧，」爵爺謹愼說道，「你得愼選字

句，想說才說。現在，得起身去皇宴了。」

「你當然也要來。」部長說。

但是，米羅都還沒回話，他們就以剛剛過來時的飛速穿越廣場。

「自個兒在市集玩得開心點啊。」次長回頭大喊。

「市集，」公爵引述，「寬敞的空間，或密閉建築，裡面——」

那是米羅聽到的最後的聲音，他們已經消失在人群裡。

「從沒想過文字也能令人暈頭轉向。」米羅對答答說，一面彎身搔狗的耳朵。

「如果你用很多的字，表達一點點的小事，就會暈頭轉向。」答答回答。

米羅心想，這眞是一整天下來，他聽到最明智的一句話。「來，」他大叫，「讓我們看看市集。看起來熱鬧又有趣。」

4 市集亂局

市集確實熱鬧又有趣。他們一接近，米羅就瞧見人潮沿著攤販推擠前進，他們買賣交易、討價還價。巨大的推車從庭園穿梭來到市集廣場，長長的商隊準備出發，前往王國的四個角落。一袋袋、一疊疊的貨物高高堆起，等著被運往智識海。一旁的吟遊歌者，歡喜歌唱，讚誦那些不算太小、也不算太老的生意人。不過，熙熙攘攘的喧嘩聲中，聽得最清晰的，還是那些高扯嗓子叫賣的商人。

「來買新鮮的『如果』『還有』『但是』喲。」

「來喲、來喲、來喲，成熟現摘的『哪裡』和『何時』喲。」

「出售鮮嫩多汁、誘人香甜的字喲。」

好多的字，好多的人！有些來自想得到的地方，有些則是超乎想像。所有人忙著分類、挑選、把東西塞進籃子裡。一邊裝滿，另一邊旋即開始。沸沸揚揚，似乎永不止息。

米羅和答答在一攤攤商品前閒晃，欣賞各式各樣的出售文字。有每天使用的簡單字，也有特殊場合用的大字，還有分裝在禮物盒裡，等待宣布皇令時用的華麗文字。

「快來看，快來看——這邊有一流的字，」一個男人宏亮地叫喊，「快來看——噢，小男孩，我能爲你做點什麼？要不要買一袋上好的代名詞回家？還是名字大補帖？」

米羅以前從不講究文字，但眼前的字看起來很吸引人，他也好想擁有一些。

「你看，答答，」他大喊，「是不是很棒呢？」

「是還不賴啦……如果你用得到的話……」答答疲憊地說，因為比起逛市集，他比較想要啃骨頭。

「說不定我買一點回去，就能學著用。」米羅迫不及待地挑字。最後他選了三個看起來很炫的詞：「深陷泥沼」「啞然失色」「精緻裝潢」。他不懂這些文字的意思，但看上去很像一回事。

「這些多少錢？」他問，聽到男人小聲回答後，他趕緊把字放回架上，繼續走下去。

「何不來幾兩的『快樂』？」男人建議，「這樣實際多了。不論是生日快樂、新年快樂、天天快樂、快樂連連……都用得上。」

「我也很想，」米羅說，「可是——」

「來包『安好』也不錯——早安、午安、晚安都很好用，說再見時也能附贈。」

米羅確實想買點東西，但是他只剩下硬幣，回去時還得繳費給收費亭，至於答答，他當然是除了時間以外，什麼都沒有。

「不，謝謝。」米羅回答：「我們看看就好。」然後他們就繼續穿越市集了。

走到最後一排攤位時，米羅注意到一輛貨車，似乎有些不一樣。車的一側掛著一面牌子，簡潔地寫著：「請自便。」裡面則是二十六個箱子，裝滿A到Z的所有字母。

「這是給喜歡自己造字的人用的。」負責攤位的男人說：「你可以自由搭配，或買個

特製盒，裡頭字母、標點符號應有盡有，附贈一本指南書。來，嚐嚐A吧，很不錯喲。」

米羅小心翼翼地咬一點字母，發現既鮮甜又美味，正是你預期A會有的滋味。

「我就知道你會喜歡。」字母先生笑著說，順手把兩個G、一個R塞進嘴裡，汁液都流到他的下巴了。「A是我們這邊最熱門的字母之一。並不是所有字母都那麼討喜。」他坦承。「拿Z打個比方吧——非常乾燥、像鋸木屑。X呢？唔，嚐起來像污濁空氣。所以大家很少用它。但是其他大部分的味道都還不錯。再試一些看看吧。」

他拿了個I給米羅，冰冰的、清涼宜人；答答則收到一個酥酥脆脆的C。

「大多數的人都懶得造字，」他繼續說，「但這好玩多了。」

「會很難嗎？我對造字不太拿手。」米羅承認道，一邊把一個P的小角吐出來。

「或許我能幫上一點忙。」一個陌生的聲音嗡嗡說著。米羅一抬頭，看見一隻巨無霸蜜蜂坐在一台貨車頂，體積至少是他的兩倍大。

「我是拼字蜂，」拼字蜂這麼宣布：「可別嚇著了。」

答答躲到貨車底下，米羅連小蜜蜂都不喜歡，於是開始慢慢往後退。

「什麼字我都拼得出來——a-n-y-t-h-i-n-g，」他一邊吹噓，一邊拍打自己的翅膀，「來試啊，來試啊！」

「你會拼『再見』嗎？」米羅說，還是繼續往後退。

蜜蜂緩緩升空，懶散地在米羅頭頂盤旋。

「也許你誤會我了，覺得我很危險。」他說，一邊俐落地向左繞一圈。「我向你保證，我的意圖是和善的——p-e-a-c-e-f-u-l。」就這樣，他在貨車頂停下來，用一隻翅膀為自己搧搧風。「來，」他氣喘吁吁地說：「想一個最難的字，我來為你拼出來。快點，快點！」他不耐地跳上跳下。

「他看起來還算和善。」米羅心想，雖然他不敢相信大黃蜂會有多友善。他努力擠出最

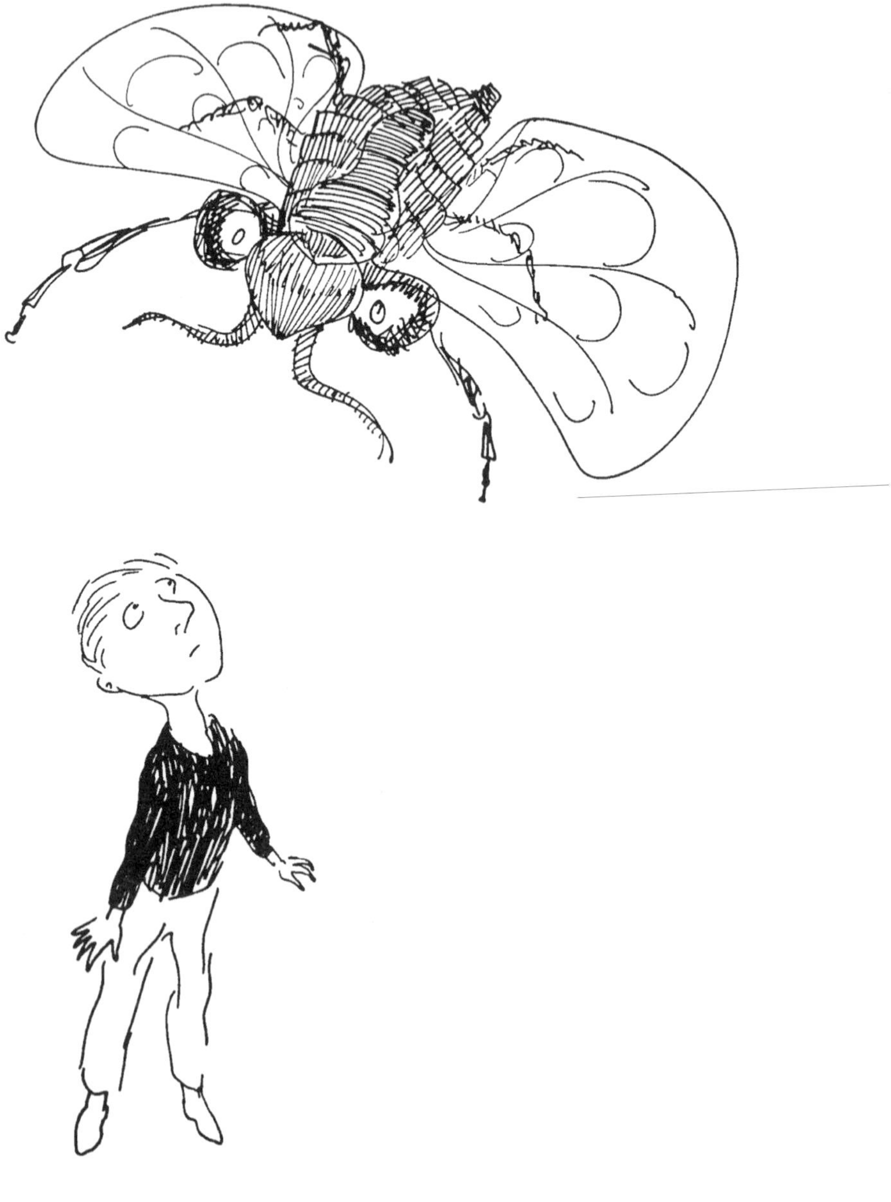

難的字：「請拼『蔬菜』。」這是困擾他很久的字。

「這可難了，」拼字蜂對字母先生眨眨眼說：「讓我想想……嗯……」他皺皺眉、擦擦額頭、在貨車頂來回踱步。「我有多少時間作答？」

「十秒！」米羅興奮大喊：「來倒數，答答。」

「噢，天啊，噢天啊，噢天啊，」拼字蜂不停重複，並緊張踱步。然後，就在時間快要到的前一刻，他忽然以最快速度拼出——「v-e-g-e-t-a-b-l-e。」

「正確！」字母先生大喊，所有人都雀躍歡呼。

「你什麼字都會拼嗎？」米羅仰慕地問。

「可以這麼說。」拼字蜂驕傲地回答。「幾年前，我只是一隻普通的蜜蜂，成天只顧自己的事、聞聞花香，偶爾去人家的帽頂串串門子。有一天，我忽然驚覺，要是沒受教育，自己只會一事無成，再加上我天生有拼字天賦，所以就決定——」

「全是胡扯！」另一個嗡嗡作響的聲音大吼。有隻很像蜜蜂的大昆蟲從貨車那邊站了出來，一身大衣、條紋褲、方格背心，腳套鞋罩、頭戴圓

禮帽。「讓我再說一次——全是胡扯！」他又吼了一次，搖搖他的手杖，在半空中直踢腳。

「拜託，快別無禮了。難道沒人要把我介紹給這位小男孩嗎？」

「這位，」拼字蜂一臉不屑地說，「是虛應蟲。一個很不討喜的傢伙。」

「無稽之談！每個人都喜歡騙子。」虛應蟲大聲吼叫。「正如我前幾天跟國王聊到的一樣——」

「你從來就沒有見過國王，」拼字蜂憤怒地控訴。接著，他轉頭對米羅說：「這個騙子說的話，你一句也不能信。」

「豈有此理！」虛應蟲回答：「我們可是悠久又高貴的家族，榮耀深入心髓——以純正的拉丁古文來說，我們就是昆蟲式之虛應蟲物種。唉，我們曾和獅心理查*打過聖戰，跟哥倫布橫跨大西洋，和拓荒者打過先鋒。今日，家族許多成員在世界各地位居政府高位。歷史洪流中，游滿虛應蟲的身影。」

「可眞是滔滔不絕的演講詞——s-p-e-e-c-h。」拼字蜂譏諷道：「怎麼還不快滾？我正在告訴這個孩子拼字的重要。」

「哼！」虛應蟲說，一面伸出一隻手臂環抱米羅，「你才剛學會拼一個字，他們就要你拼下一個。既然永遠也追不上，何必瞎忙？孩子，正如我曾曾曾祖父常常說的，聽我的勸，統統忘掉吧。」

拼字蜂大吼：「你這個貨眞價實的冒牌貨，連自己的名字都不會拼。」

「盲目關注字詞結構，可謂才智破產之徵兆。」虛應蟲咆哮著，瘋狂舞動著拐杖。

米羅實在聽不懂他在說什麼，但拼字蜂似乎被惹惱了，瞬間俯衝用翅膀將虛應蟲的帽子擊落。

「小心啊，」米羅大吼。虛應蟲又揮揮他的手杖，勾住拼字蜂的腳，打翻W的盒子。

「我的腳！」拼字蜂大吼。

「我的帽子！」虛應蟲也吼——戰事繼續進行。

虛應蟲瘋狂舞動手杖，性命垂危的拼字蜂嗡嗡嗡，一會兒飛進，一會兒飛出。雙方持續以惡意互相威脅，圍觀者紛紛後退，避免無妄之災。

*理查一世，十二世紀英格蘭國王，因征戰沙場常保亮眼成績，而有「獅心理查」的綽號。

「一定有什麼方法可以——」米羅正想開始說。接著他大吼：「小——心——」卻爲時已晚。

虛應蟲在盛怒之下，轟的一聲撞翻其中一個攤位，一發不可收拾。沒過多久，市集上的每個攤位都被撞倒，廣場上零零落落四散著一地的字。

拼字蜂纏了一身彩紙跌到地上，卻撞得米羅反過來壓在他身上，於是躺在那兒大喊：「救命啊！救命！有個小男孩壓住我了。」虛應蟲則呈大字狀躺在一片壓扁的字泊裡。至於答答，這會兒正埋在高起的字礫堆中，他身上的鬧鐘持續鈴聲大作，毫無停下之意。

5 又矮又小舒弗特

「去做你看過的，」其中一個售貨員憤怒大吼。他似乎是想說：「看看你做過的。」然而，文字偏偏夾纏顛倒，誰也聽不懂。

「做去我們什麼是！」另一位跟著抱怨，周圍的人趕緊把東西收拾乾淨。

接下來好幾分鐘，沒半個人吐出聽得懂的句子，讓混亂局勢更添幾分。不過，一個個攤位還是以最快速度恢復原狀，一個個字疊成一堆等待處理。

拼字蜂相當氣惱，咻的一下飛走了。米羅才正準備站起來，文字城的全副警力卻忽然現身，還把哨子吹得震天響。

「現在，我們來弄清眞相。」他聽見有人說：「舒弗特警官來了。」

從廣場那方闊步走過來的，是米羅看過最矮小的警察。他不到六十公分，寬度卻幾乎是身高的兩倍。他身穿藍制服，配上白腰帶與白手套，頭上戴著大盤帽，神情嚴肅。他不斷吹哨子，吹得面紅耳赤後，才停下來對和他擦肩而過的人們大喊：「你有罪，你有罪。」

「實在沒看過罪孽這麼深重的人。」走到米羅面前時，他說。接著，他轉過頭看依舊響不停的答答說：「把那隻狗關掉，在警察面前大響鬧鐘十分不敬。」

他在自己的黑簿子裡小心翼翼地記下一筆，雙手在背後緊握，來回踱步，巡視殘局。

「很好，非常好。」他皺眉慍怒地說：「誰該負責？快供出實話，否則統統逮捕。」

沉默一片。因爲沒有人目睹實況，所以大家都靜悄悄。

「你，」警察把手指對準虛應蟲，他正拍著身上的灰塵、整整他的帽子，「我看你挺可疑的。」

虛應蟲嚇得手杖掉到地上，緊張地回答：「大人，我以紳士的殊榮向您保證，我只是無辜的旁觀者，努力管好自己的事，享受大千世界的聲色景觀，偏偏這個年輕小伙子——」

「啊哈！」舒弗特警官插嘴說，又在他的小簿子上記了一筆。「就跟我想的一樣：小男生總是禍難源頭。」

「很抱歉，」虛應蟲說：「但我萬萬無意影射——」

「肅靜！」警官如雷暴吼一聲，把自己拉到身高極限，惡狠狠地看著受驚的虛應蟲。「好，」他繼續對著米羅說，「七月二十七日的晚上，你人在哪兒？」

「今天跟那天有什麼關係？」米羅問。

「那天是我生日，就這樣。」舒弗特說，一邊在他的小本子裡寫下「忘記我的生日」，還喃喃自語著：「小男生最會忘記別人的生日。」

「你觸犯以下幾條罪刑，」他繼續說：「攜帶一隻擅自發出鬧鈴聲響的狗、散播困惑、撞翻推車、製造混亂、直言不諱。」

「喂，聽著——」答答怒吼。

「還有非法吠叫。」他補充道，皺眉看著看門狗。「未使用分貝表就吠叫是違法的。準備好受刑了嗎？」

「只有法官才能判刑！」米羅說，他想起曾在一本教科書裡讀過。

「說得好。」舒弗特摘帽回答，立即換上一件黑色長袍。「我剛好身兼法官。來，你想要長一點的『句刑』還是短一點的？」

「當然是越短越好。」米羅說。

「很好。」舒弗特說，用木槌敲了三下。「我也記不得太長的『句刑』。來個『我是』如何？這是我知道最短的『句刑』*。」

所有人都同意判決很公正，舒弗特於是繼續說：「同時還有個小小的額外處罰——坐牢六百萬年。結案。」他又敲了敲槌宣布：「跟我走。我來領你去地牢。」

「只有獄卒才可以把人送進牢房。」米羅又引述同一本書說。

「說得好。」舒弗特說，於是又把袍子脫掉，掏出一大串鑰匙。「我還身兼獄卒。」就這樣，他把他們往前帶。

「下巴抬高。」虛應蟲大喊：「說不定我們會因爲舉止良好，而特赦一百萬年。」

沉重的牢門緩緩開啓，米羅和答答跟在舒弗特警官後面，穿越一條又長又暗的走廊，只

---

*英文的「刑期」和「句子」皆爲sentence，『我是』爲英文最短的句子。

有閃爍的燭火微微照亮。

「小心階梯。」他們走下一段陡峭的環形階梯時，舒弗特說。周圍空氣陰冷潮濕，聞起來像是濕被子的氣味，大片的石牆摸起來黏答答。他們不斷地往下，來到另一扇門前，那扇門比之前的更重，也更堅固。一片蜘蛛網擦過米羅的臉，他不禁打起哆嗦。

「你們會發現這裡挺舒適的。」舒弗特輕笑道，一邊把門栓往後滑動，門吱吱嘎嘎地推開了。「沒什麼人陪，不過可以找巫婆聊聊天。」

「巫婆？」米羅顫抖地問。

「是的，她來這兒好長一段時間了。」他說，開始沿另一條走廊走去。

接下來的幾分鐘，他們又穿過另外三道門，穿過一條狹窄的步橋，走下兩條走道、另一段階梯，最後站在一面地窖小門前。

「就是這兒了。」舒弗特說：「比照居家等級。」

門開了又關，米羅和答答發現自己身處地窖裡，只有中段牆面開了兩扇小小的窗子。

「那就六百萬年後再見囉。」接著，舒弗特的腳步聲越來越微弱，直到再也聽不見。

「看起來挺嚴重的，答答。」米羅非常傷心地說。

「確實如此。」狗回答，一面嗅嗅周遭空氣，認識新環境。

「該如何打發這麼漫長的時間？我們連西洋棋或蠟筆都沒有。」

「別擔心。」答答說道，舉起腳掌拍拍他：「會有救兵的。來，爲我上發條好嗎？我快報廢了。」

「答答，你知道嗎？」他一邊轉發條一邊說：「把文字混淆顚倒，或不知道該怎麼拼，竟然能惹出這麼大的麻煩。要是有一天我們重獲自由，我一定要把它們統統學會。」

「相當值得讚賞的目標啊，年輕人。」地窖另一端傳來微小的聲音。

米羅訝異地抬起頭，在微光中注意到一位看起來還算和藹的老太太，自己一個人靜靜地織著毛線。

「哈囉。」他說。

「你好嗎？」她回答。

「你最好小心點，」米羅建議道：「聽說這裡有巫婆。」

「我就是她。」老太太從容回答，一面把肩上披巾裹緊些。

米羅嚇得趕緊抓住答答，確定他的鬧鐘還在轉，因爲他知道巫婆最討厭噪音了。

「別害怕。」她笑笑說：「我不是巫婆，我是巫非巫。」

「噢。」米羅簡短答道，因爲他想不到其他什麼好說的。

「我叫微微鷲，傳說中不太邪惡的那一種。」她繼續說：「我也絕對不會傷害你的。」

「巫非巫是什麼意思啊？」米羅問，一邊放開答答，一邊稍稍湊近一些。

「唔，」她看著一隻肥滋滋的老鼠衝過自己的腳邊，「我是國王的姑婆。多年以來，我一直負責挑選文字。在各種場合下，哪些字該用，哪些字該說、哪些不該說，哪些字該寫、哪些不該寫。相信你可以想像，數千個文字等待我的選擇，這是份任重道遠的工作。所以，我後來成爲『欽定巫非巫』，讓我驕傲又喜悅。

「一開始，我竭盡所能，確保只用最恰當、最合宜的文字。一切語言簡單明瞭，毫不囉嗦。我在皇

宮上下、市集四方都貼著標語：

簡潔乃機智妙趣之魂。

「不過，權力使人腐敗。沒過多久，我變得吝嗇小氣，字越挑越少，盡可能為自己保留最大空間。於是我換上新標語：

挑壞的字
等同愚者的信差。

「很快的，市集的銷售開始下降，大家都不敢像以前一樣買那麼多字，艱困的時刻於是降臨。不過，我還是持續吝嗇苛刻。入選的字越來越少，最後，幾乎什麼字都不說出口，連最尋常的對話都變得困難。於是我又立了新標誌，上面寫著：

說話要得體，
否則，寧依智慧沉默。

「最後，我索性用更簡單的標語取代：

沉默是金。

「所有對話一律停止。文字賣不掉，市集關門大吉，人民又窮又慌。國王見狀，怒不可遏，於是把我丟進地牢，讓我變成現在這副樣子——一個更老，但也更有智慧的女人。」

「那是好多年前的事了，」她繼續說：「但是後來再也沒有指派巫非巫。這也就是爲什麼現在的人說話滔滔不絕，還以爲自己很明智。千萬記得，字用得太少固然不好，用得太多更是大錯特錯。」

說完之後，她深深嘆了口氣，輕拍米羅的肩膀，又繼續織她的毛線了。

「所以從那時候起，妳就一直待在這裡嗎？」米羅同情地問。

「是啊，」她悲傷地說：「大部分的人徹底忘記了我，或把我誤認爲巫婆，而不是巫非巫。但是不要緊，」她鬱悶地繼續說：「因爲兩種他們都一樣怕。」

「我不覺得妳可怕啊。」米羅說，答答同意地搖搖尾巴。

「眞是謝謝你。」微微驚說：「你叫我微姑婆就好。唔，來個標點符號吧。」她拿出一盒裏上糖衣的問號、分號、逗號、驚嘆號。「我現在就吃這些。」

「唔，等我出去以後，我要幫妳。」米羅堅定地說。

「你人眞好。」她回答：「但是現在只有一件事幫得了我——那就是，理韻回歸。」

「什麼回歸？」米羅問。

「理與韻。」她又說了一遍：「不過那是另一個很長的故事，你可能不會想聽。」

「我們很想聽！」答答吠著回答。

「我們眞的很想聽。」米羅說，巫非巫於是一邊搖著身體，一邊把故事告訴他們。

6 微微驚說故事

「從前，這是一片荒蕪駭人的不毛之地，高聳的岩山藏匿著邪惡之風，貧瘠谷地不對任何人釋出善意。很少生物得以存活，即便可以，也是彎斜扭曲，果實如藥草一般苦澀。放眼不是荒地便是沙漠，不是沙漠便是巨岩，黑魔鬼在山間聚居。魑魅在鄉村、海底恣意橫行。這是傳說中的空之境。

「然而有一天，一艘小船在智識海浮現，載著一位前來追尋未來的年輕王子。以眞善之名，他向所有國家發出布告，立志探索新疆域。惡魔、怪獸、巨人皆被他的自以爲是激怒，於是聯合勢力，決心將他趕走。他們的交戰讓大地爲之震動，等戰事終於結束，王子也僅存海邊的一小塊地。

「『我將在此建造我的城市。』他如此宣誓，也確實達成。

「不久之後，一艘艘船載來新土地的拓荒者，讓這座城的疆界越益擴張。每天

都有新的衝擊，卻沒有任何事物能摧毀王子的新城市。它不斷地成長，很快的，它不再只是座城市，而成了一個王國，是爲智慧國。

「然而，城牆之外的局勢並不安全，年輕國王誓言要征服應屬於他的土地。就這樣，每年他和軍隊在春天出征，秋天賦歸。年復一年，王國變得越來越大，也更繁榮富裕。他娶了妻子，也生了兩個可愛的兒子。他將所有知識都傳授給他們，好讓他們有朝一日，能妥善治理王國。

「當男孩長大成人，國王召喚他們來，說：『我老了，就快不能去打仗了。你們得接管我的職位，去荒野建立新的城市，智慧國一定要擴張。』

「他們確實聽命——一個往南來到困惑丘的山腳下，建立了文字城；一個向北來到無知峰，打造了數字城。兩座城市都蓬勃興盛，惡魔邪靈更是氣急敗壞。很快的，其他城鎮在新土地如雨後春筍一一冒出，最後，只有荒野邊陲仍殘存惡獸。牠們蟄伏恭候，等待擊落無知的闖入者。

「不過，這對兄弟很慶幸能分道揚鑣，因爲他們天性多疑、善嫉。兩個人都想贏過對方，並爲此發憤不懈。沒過多久，兩座城市的智慧規模、富麗程度皆已不相上下。

「『文字重於智慧，』一個人私底下說。

「『數字優於智慧，』另一個人默默心想。

「就這樣，他們越來越討厭對方。

「但是老國王對兒子的對立渾然不覺，安享幽靜晚年，常在皇園閒步沉思。他唯一的遺憾是自己沒有女兒。一天，當他一個人漫步時，竟然在葡萄棚架下的一個籃子裡發現兩個小嬰兒。她們是美麗的金髮女娃。

「國王喜出望外。『一定是上天給我的晚年贈禮！』他大喊，並趕緊喚來皇后、朝臣、皇宮上上下下的人。

「『我們就爲她們取名爲韻兒和理兒。』她們在皇宮被撫養長大，成了大家愛戴的甜韻公主與純理公主。

「後來老國王辭世後，王國由兩個兒子一分爲二，並議定共同負起照顧兩位公主的責任。後來，一個兒子往南成了阿札茲王——文字城之王；另一個則往北成了數魔師——數字城的統治者。他們也遵照諾言，讓兩位公主在智慧國過著衣食無虞的生活。

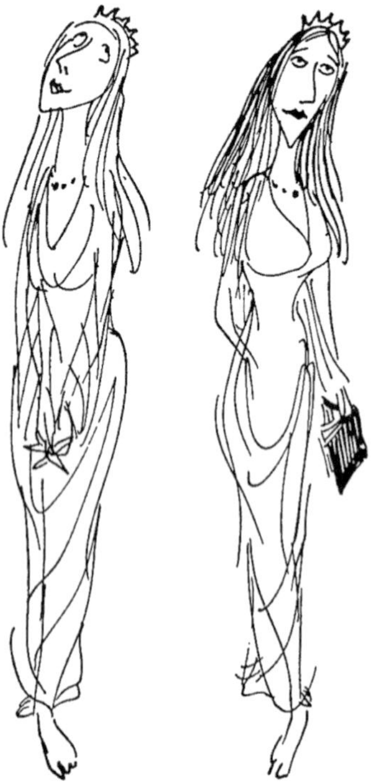

「所有人都欽慕公主的美麗與溫和優雅，她們調理爭議也公平合理。於是，人們帶著各自的疑難雜症、牢騷爭執，不辭千里，遠道前來尋求建議，就連兩個兄弟爭鬥不休時，也常常過來共議國家大事。每個人都說：『沒有理韻姊妹解不開的問題。』

「時光荏苒，兩兄弟越益疏離，各自的王國卻更加輝煌富裕。他們的爭辯越來越複雜難解，幸好兩位公主總是以耐心與愛心化解危機。

「直到有一天，他們爆發了前所未有的激烈爭執。阿札茲王堅稱文字重於數字，因此他的王國比較雄偉；但數魔師也堅稱數字重於文字，因此他的王國比較優越。他們一言不合、針鋒相對，誰也不肯低頭讓步，就在破裂邊緣之際，他們決定交由兩位公主裁定。

「幾經數日評估、檢視證據、蒐集傳聞之後，她們終於做出決定：

「『文字與數字一樣重要。在知識的斗蓬裡，一爲經紗，一爲緯紗。正如細數沙粒、爲星命名，重要性不分上下。因此，請兩國各自和平度日吧。』

「所有人對此裁決甚感欣慰，但那對兄弟仍是怒火中燒。

「『這兩個女孩根本無法仲裁，她們有何存在價值？』他們咆哮著，因爲兩人只看得見自身利益，而非眞理。『我們要永遠將她們逐出王國。』

「於是她們被帶離城堡，送往遙遠的空中城堡，從此再也無人得見芳蹤。正因如此，放眼浩瀚國土，皆沒有理韻的聲跡。」

「那後來兩位國王呢？」米羅問。

「把兩位公主逐出國境是他們最後一件達成共識的事，之後兩國短兵相接、干戈相向。儘管如此，他們的王國仍是持續興盛，智慧國舊城卻斷垣殘壁，無人治理。因此，在兩位公主回來以前，我都必須待在這裡。」

「或許我們能把她們救出來。」看到巫非巫這麼悲傷，米羅這麼說。

「唉，難如登天。」她嘆了口氣。「空中城堡離這兒非常遠，唯一接通的樓梯又被恐怖的黑心邪魔重重包圍。」

答答悽惶低吼，因為一想到惡魔就讓他恐懼不已。

「這恐怕不是一個小男孩和一隻狗能達成的任務。」她說：「不過別在意。其實也沒這麼糟。我在這裡待久也習慣了。倒是你們，得趕緊去別處逛逛，否則一整天就要浪費了。」

「我們得在這裡待六百萬年。」米羅嘆氣道：「我也看不出哪裡有逃生口。」

「胡說！」巫非巫責難地說：「可別把舒弗特警官的事當真。他最喜歡讓人坐牢，卻不在乎他們是否關在這裡。只要在牆上按個鈕，就可以出去了。」

米羅按了牆上的鈕，一道門果眞打開，透進一道明亮的陽光。

「再見了，有空再來！」他們走出去把門關上，巫非巫在後面喊著。

米羅和答答在燦爛的光線中眨眼站著，等眼睛一適應光亮，第一個印入眼簾的竟是國王的內閣。

「噢，你們在這兒。」

「你們剛剛到哪裡去了？」

「我們到處找你。」

「皇宴就要開始了。」

「和我們一起來吧。」

米羅跟著他們一起走，他們看起來焦躁不安。

「可是我的車要怎麼辦？」他問。

「不需要了。」公爵問。

「用不著了。」部長說。

「多餘。」爵爺建議。

「不必要。」伯爵說明。

「多此一舉，」次長大喊，「我們用自己的車。」

「運輸工具。」

「交通配備。」

「遊覽巴士。」

「雙輪戰車。」

「敞篷小車。」

「長途汽車。」

「加蓋馬車。」

「輕便馬車。」他們很快一一複誦，指著一輛馬車。

「噢，天啊，又是一堆字。」米羅心想，他一邊和答答、內閣們爬進車裡。「要怎麼讓它動啊？上面沒有——」

「保持安靜。」伯爵說。「一句話也不必，它就能前進。」

確實，待所有人一坐定，它便迅速穿過街道，抵達皇宮。

7 皇宴

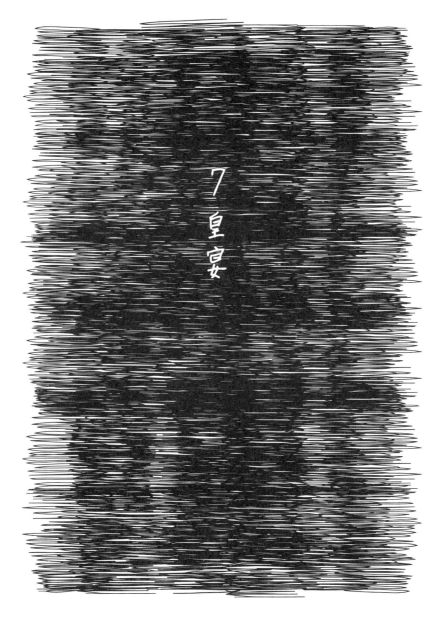

「這邊請。」

「跟著我們。」

「來。」

「加快腳步些。」

「我們來了。」他們大喊，跳下馬車，蹦蹦跳跳地踏上大理石階。米羅和答答緊跟在後。那是座樣貌怪異的皇宮，要不是他知道這是皇宮，米羅會說這是一本巨大無比的書，大門就開在書背的下半部，通常擺出版社名字的地方。

一走進去，他們在一條漫長的走廊匆匆前進，頭頂是閃閃發光的水晶燈，他們的腳步聲在四周迴盪。牆壁、天花板貼滿鏡子，鏡中倒影繞著他們飛舞，繽紛眩目，男僕高傲地鞠躬迎接。

「我們一定嚴重遲到了啦！」來到宴客廳時，伯爵緊張兮兮地說。

眼前是偌大的空間，充斥著震耳欲聾的談笑、爭論。長桌上，金盤子和亞麻餐巾一絲不苟地擺著。每張椅子後都站著一位侍者。正中央，王座微微高起，覆著深紅色的布。王座正後方的牆上，掛著皇家盾徽，側翼插著文字城的旗幟。

米羅看見不少在市集上遇過的熟面孔。字母先生忙著和一群興味盎然的人解釋W的歷史，另一個角落，則是虛應蟲和拼字蜂無謂的激烈爭辯。舒弗特警官漫步穿過人群，狐疑地

喃喃說著：「有罪、有罪，這票人全都有罪。」一看到米羅，他的臉亮了起來，兩人擦身而過時他說：「已經過了六百萬年啦？我的天，果真是時光飛逝。」

午餐還要等會兒才上桌，大家似乎有些煩躁。一看到賓客全都到齊後，所有人都鬆了口氣。

「眞高興你們終於來了，老夥伴。」虛應蟲熱切地搖動米羅的手。「身爲貴賓，理當由你來點菜。」

「噢，我的天。」米羅不知該說什麼才好。

「動作快！」拼字蜂催促著，「我餓壞了。」

米羅正準備仔細想，小號卻大剌剌地吹奏起來，不但足以震碎耳膜，還完全走音。一位男侍向受驚的賓客宣布：

「阿札茲王駕——到——」

國王穿過大門闊步走到桌前，讓龐大的身軀在王位就座，不耐煩地催促著：「就座，各位。統統就座。」

他是米羅看過最魁梧的人了——圓滾滾的肚

子、銳利的大眼睛、垂至腰際的一把灰鬍、左手的小拇指戴著一只銀圖章戒。他還戴了頂小皇冠、穿了件皇袍，上面織滿美麗的字母。

「看看我們這兒來了哪位？」他說，低頭直盯著答答和米羅，而其他人則一一就座。

「陛下，」米羅說：「我的名字叫米羅，這位是答答。非常謝謝您邀請我們參加皇宴，您的皇宮很漂亮。」

「富麗精緻。」公爵糾正道。

「美麗絕倫。」部長忠告道。

「大方美觀。」爵爺推薦道。

「賞心悅目。」伯爵暗示道。

「嫵媚動人。」次長主張道。

「肅靜！」國王下令。「來，年輕人，你能做什麼娛樂我們？唱歌？說故事？吟詩作對？丟盤雜耍？翻筋斗？哪一樣你會？」

「我全都不會。」米羅承認。

「眞是一個平庸無趣的小男孩。」國王評論道。「唉，我的閣員們樣樣行啊。這邊的公爵會小題大作。部長能吹毛求疵。爵爺可未雨綢繆。伯爵千方百計。至於次長愛冒險犯難。你——」國王一臉凶惡地問：「難道沒一樣會嗎？」

「我會從一數到一千。」米羅說。

「啊啊——數字！別在這裡提數字。非不得已，絕不使用。」阿

札茲王鄙視地哀號。「唔，你和答答何不上來這兒坐我旁邊，咱們一道吃點大餐？」

「你菜單選好了沒？」虛應蟲提醒他。

「唔，」米羅說，他想起媽媽總是告訴他，到人家作客要吃得收斂點。「我們何不來點輕食？」

「那就來點輕食。」虛應蟲揮手咆哮。

侍者衝進廚房端著大大的淺盤，一一擺在國王面前。當他掀起蓋子，一束束色彩繽紛的光線從盤裡躍出，在天花板、牆壁間跳動，穿過地板便彈到窗外去了。

「分量不多的一餐。」虛應蟲揉揉眼睛說：「不過還挺吸引人的。或許你該點些能吃得飽的菜色。」

國王拍拍手，盤子馬上被端走。想都沒想，米羅很快開口說：「唔，這樣的話，我想我們該來頓豐盛的——」

「那就來頓『豐盛』。」虛應蟲大喊。國王再次拍拍手，侍者重新端著淺盤出現，堆著熱氣騰騰、各色各樣的「豐盛」。

「呃，」拼字蜂嚐一口說：「難吃死了。」

其他人似乎也都不怎麼喜歡，虛應蟲喉頭卡了一片，差點就要嗆到。

「該發表演說了。」盤子再度被端開。一聽到國王宣布，大家沉下了臉。

「你先。」他指著米羅命令道。

「陛下，各位女士、各位先生，」米羅膽怯地開始，「我想藉此機會，表達——」

「好了，夠了。」國王插嘴道：「總不能說上一整天。」

「可是我才剛起頭。」米羅抗議道。

「下一位！」國王怒吼。

「烤火雞、馬鈴薯泥、香草冰淇淋。」虛應蟲唱誦，一邊快速地跳上飛下。

「這是什麼演講啊！」米羅心想，因爲這和他以前聽過的演講不一樣。演講不都是又臭又長？

「漢堡、玉米棒、巧克力布丁——p-u-d-d-i-n-g。」輪到拼字蜂時他這麼說。

「法蘭克福燻腸、醃黃瓜、草莓醬。」舒弗特警官從他的椅子上大喊。因爲他坐著比站著高，自然就不想站起來了。

就這樣，每個賓客輪流站起來一會兒，發表簡短演說，然後繼續就座。每個人都說完以後，國王接著起身。

「法國鵝肝醬、法式洋蔥

湯、野雞大餐、白菜沙拉、乳酪、餐後水果，」他小心翼翼地用法文說完後，拍了拍手。

侍者再度出現，端著一個個又重又熱的托盤，擺在桌上。每個盤子裡都擺著賓客各自點的字，所有人立刻狼吞虎嚥地吃了起來。

「快吃吧。」國王說，一邊用手肘推推米羅，一邊納悶地看著他的盤子。「我實在無法欣賞你的選擇。」

「我不知道要吃自己選的文字。」米羅抗議道。

「那當然、那當然，大家都這麼做。」國王咕噥道：「你應該發表美味一點的演說。」

米羅看看周圍的人忙著塞食物，又看看自己那令人胃口缺缺的餐點。裡頭的東西的確令人倒盡胃口，偏偏他眞是餓壞了。

「來，加點忠言吧，」公爵建議，「能增添食物鹹度。」

「咖啡要加點荒唐嗎？」爵爺問，一邊遞過去。

「或是來塊剛出爐的糟糕？」部長接著說。

「或許你想來碗面面俱到。」公爵建議。

「爲什麼不等等剛摘的新鮮如果？」伯爵含糊地嘟囔，滿嘴都是食物。

「我到底要跟你說多少次，嚼不動那麼多，就別把嘴巴塞滿食物？」次長厲聲道，一邊拍拍一臉痛苦的伯爵的背。

「一耳進一耳出。」公爵責罵道，作勢要把他的一個字塞進伯爵耳朵裡。

「如果不是這回事，鐵定是另一回事。」部長嘲諷道。

「跳出油鍋，又入火坑。」爵爺大喊，自己倒像燒得紅透。

「唔，別這麼嚴厲地斥責我。」受驚的伯爵尖叫道，忿忿地往其他人衝過去。

五個人在桌底下扭打成一團。

「給我馬上住口！」阿札茲王如雷暴吼：「不然就把你們統統轟出去！」

「抱歉。」

「請見諒。」

「原諒我們。」

「饒恕我們。」

「很遺憾。」他們一一致歉後，坐下來眼

神淩厲地瞪著對方。

這一餐，就在安靜的氣氛下進行，直到國王抹抹沾到肩上的肉汁，傳喚甜點上桌。米羅什麼都沒吃，急切地抬起頭。

「我們今日特別招待。」國王說，自製派餅的美味香氣滿盈宴客廳。「遵照皇令，糕餅主廚整晚都在半烘焙室埋頭苦幹，就是爲了——」

「半烘焙室？」米羅問。

「當然是半烘焙室。」國王厲聲道：「不然你以爲那些半生不熟的點子都是打哪兒來的？現在，麻煩不要打岔。遵照皇令，糕餅主廚整晚都在——」

「半生不熟的點子是什麼？」米羅又問。

「你就不能安靜一點嗎？」阿札茲王忿忿怒吼。不過，他都還來不及再開口，巨大的送餐車就推進宴客廳，賓客全都跳起來取用。

「這些東西很美味。」虛應蟲解釋道：「卻永遠不會與你意見一致。這邊有個風味絕佳的。」他遞給米羅，在一片糖霜和堅果之中，米羅看到：「地球是平的。」

「人們多年來都吃這個。」拼字蜂評論：「不過這些日子是不流行了。」他撿起一個長形物，上面寫著：「月亮是用綠起司做的。」然後餓狠狠地把寫著「起司」的部分咬掉。

「這就叫做半生不熟的點子。」他微笑著說。

米羅看看眼前各式各樣的糕點，幾乎一唸出來名字，馬上就被吃得精光。爵爺滿足地嚼著「不雨則已，一雨傾盆」，國王則忙著切一片「壞壞夜氣」。

「如果我是你，那塊東西我不會吃太多。」答答建議：「看起來可能不錯，但會甜到令你作嘔。」

「別擔心，」米羅回答：「我包一個就好，留著待會兒吃。」他用餐巾包了「每件事都將有最好的結局」。

8 自告奮勇的虛應蟲

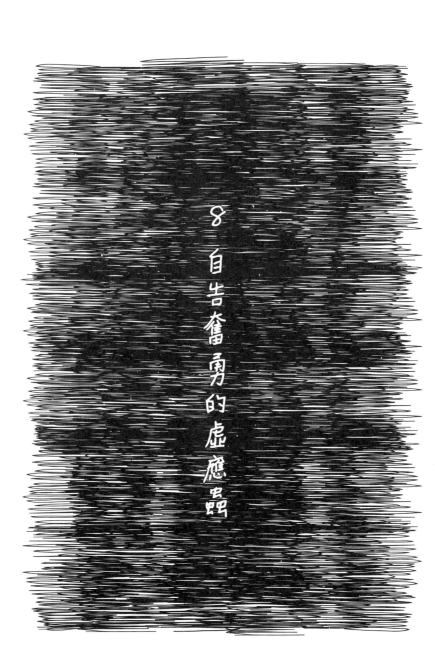

「什麼都吃不下了。」公爵緊抓著肚子，喘吁吁地說。

「噢，我的天。」部長同意地叫著，呼吸困難。

「嗯——咿——嗯。」伯爵嘟噥著說，急著想把另一口吞下去。

「徹底飽足。」爵爺嘆息著說，一邊把腰帶放鬆。

「可眞撐。」次長呼嚕嚕地說，伸手要拿最後一片蛋糕。

所有人都飽足一餐以後，耳畔只聽得見椅子的吱嘎聲、盤子的推擠聲、舔湯匙聲，當然，還有虛應蟲的閒言閒語。

「討人歡心的餐宴，準備精緻，上菜高雅。」他隨意說著：「一場少有的香醇盛宴。務必致上我對主廚的敬意。向主廚致敬。」接著，他臉上掠過痛苦的表情，轉頭對米羅倒抽口氣說：「給我倒杯水，好嗎？我有點消化不良。」

「你大概是吃得太多又太快了吧？」米羅同情地說。

「吃太多、吃太快，吃太多、吃太快。」不安的虛應蟲喘氣著說：「那當然，吃太多、吃太快。我當初眞應該吃太少、吃太慢，不然就是吃太多、吃太慢，再不就是吃太少、吃太快，要不乾脆一整天什麼也不吃，或者一口氣什麼都吃，或是偶爾隨時吃一點，或者我該——」接著他往後跌進他的椅子裡，筋疲力盡，繼續含糊地嘟噥著。

「注意！注意聽我說！」國王說，整個人跳起來直搥桌子。這道命令完全是多此一舉，因為他一開始說話，除了米羅、答答和心煩意亂的虛應蟲以外，所有人都衝出宴客廳，衝下階梯，衝到皇宮外。

「忠誠的嘉賓、朋友，」阿札茲王繼續說，聲音在幾近無人的室內迴盪，「我們再度在這盛大的場合——」

「抱歉，」米羅輕咳著，盡可能保持禮貌，「但是大家都走了。」

「我才希望沒人發現這個窘境——」國王傷心地說：「唉，每次都這樣。」

「他們都去吃晚餐了。」虛應蟲無力地說著。「等我氣一喘好，馬上就加入他們。」

「眞是太可笑了。皇宴才剛結束，他們怎麼吃得下晚餐？」米羅問。

「不可原諒！」國王大吼：「這種醜事得立刻終止。從今天起，遵照皇令，所有人都得在皇宴前先吃完晚餐。」

「可是一樣糟啊！」米羅抗議道。

「你是說一樣好吧？」虛應蟲糾正道：「一樣糟其實是一樣好。凡事都該看看事情的光明面。」

「我不知道要看哪件事的哪一面。」米羅抗議。「每件事都令人一頭霧水，而你的話只會雪上加霜。」

「說得眞好。」國王悶悶不樂地說。他一邊把自己的帝王下巴安置在自己的皇家拳頭

上，一邊緬懷舊日時光。「一定有什麼辦法是我們能做的。」

「擬個法條吧。」虛應蟲機靈地建議。

「我們現有的法條已多如字海。」國王嘟噥道。

「來個獎吧。」虛應蟲又提議。

國王搖搖頭，看起來越來越悲傷。

「找點幫忙。」

「殺個好價。」

「拉個開關。」

「做份簡報。」

「嚴格抨擊。」

「循規蹈矩。」

「橋抬高。」

「門擋好。」虛應蟲大喊，上上下下地跳，還不時揮舞手臂。接著他立刻坐下，國王忿忿地朝他的方向看。

「或許你應該讓甜韻和純理回來。」米羅輕聲地說，他一直在等待時機。

「那該有多好，」阿札茲王說，直起身子，調整皇冠。「雖然她們有時很麻煩，但是有她們在，一切總是順利進展。」說話時，他把身體倚回皇座，手在後腦勺交握，若有所思地瞪著天花板。「但我恐怕辦不到。」

「當然不行，辦不到。」虛應蟲重複道。

「為什麼不行？」米羅問。

「到底為什麼不行？」虛應蟲也跟著驚呼，正反兩面論點，他一樣在行。

「太困難了。」國王回覆。

「那當然。」虛應蟲沉重地說：「實在太難了。」

「有志者事竟成。」米羅堅持。

「可不是？有志者事竟成啊。」虛應蟲也同意。

「要怎麼做？」阿札茲王問，忿忿地瞪著虛應蟲。

「要怎麼做？」米羅一樣忿忿地問著。

「呃……這很簡單。」虛應蟲說，多希望自己在別的地方。「尤其對一個勇敢的孩子來說。他不但有顆堅韌的心、有條堅定的狗，還有輛可供使用的小汽車。」

「繼續說。」國王命令道。

「是的，請繼續。」米羅跟著附和。

「他需要做的，」虛應蟲憂心忡忡地說：「就只有穿越痛苦折磨、危險遍布的鄉野，進入未知的山谷、人跡罕至的森林，路經難以逾越的深坑、毫無人煙的荒原，直到他抵達數字城（當然嘍，如果他最後能到達的話）。接著，他得說服數魔師點頭讓兩位小公主回來——當然，只要你同意，他就永遠不會同意。反之，要是他同意，你也一定不會同意。

「接下來，就是進入無知峰了。任務非常簡單，那兒陷阱重重、處處險惡。許多人冒險涉入，卻鮮少人平安賦歸，山峰間有惡魔緩緩爬行，等候獵物上鉤。接著，輕而易舉地爬上兩千階梯，雖說是在漆黑風大的夜裡（那片山區永遠都是黑夜），兩邊不設欄杆，最後直抵空中城堡。」

他停了一會兒喘口氣，接著又繼續。

「和公主愜意地閒聊一番後，就剩下輕鬆的回程路了。只須通過混亂不堪的峭壁懸崖，制伏其中的恐怖惡魔，就算大功告成了。不過，惡魔曾誓言撕裂闖入者的肋骨，還要一口吞下！

「走完了漫漫回程路，就是勝利大遊行（當然，如果還能參加遊行的話），每個人還有熱可可和餅乾享用。」虛應蟲深深一鞠躬後，坐了下來，對自己相當滿意。

「我從沒發現，原來這麼簡單。」國王說，一邊撫弄鬍子，一邊露出微笑。

「確實相當簡單。」虛應蟲也贊同。

「怎麼我聽起來覺得很危險？」米羅說。

「眞危險，太危險了。」虛應蟲跟著嘟噥，總是與每個人看法一致。

「這趟旅程要由誰去？」答答問，他剛剛聽得仔細萬分。

「眞是個好問題。」國王回答。「不過，還有另一個更嚴肅的問題。」

「是什麼？」米羅問，他不喜歡國王又轉移話題。

「恐怕要等你回來後才能說。」國王大喊，還擊了三次掌。瞬間，侍者衝回房裡，迅速把盤子、銀器、桌巾、桌椅、宴客廳、皇宮都清空，他們忽然立足在市集。

「你們當然知道我想親自踏上旅程。」阿札茲王繼續說，闊步穿過廣場，彷彿什麼也沒發生過。「不過，既然這是你的點子，榮耀與名聲應歸你。」

「可是——」米羅正準備開始說。

「文字城永遠對你心懷感激，我的孩子。」國王插嘴道，一隻手抱著米羅，另一隻手拍著答答。「旅程中你將遭遇許多危難，但是別怕，因爲我給的這個能保護你。」

他從斗篷裡拿出一只和學校課本差不多大小的沉重小盒子，愼重其事地交給米羅。

「這只盒子裡，有我知道的所有字，」他說：「大部分是你永遠也用不到，有些你則會經常用。不過，有了這些字，你可以問從沒被答過的所有問題，也可以答從沒被問過的所有難題。已經寫成、即將寫出的經典巨著，都是由這些字構成。有了這些，就沒有克服不了的障礙。你只須學習如何善用。」

米羅滿懷感謝地接過禮物，一群人走到車子前。

「當然，你還需要一個嚮導。」國王說：「既然虛應蟲對障礙這般瞭若指掌，他必定會滿心歡喜跟著你。」

「等等！」嚇壞的虛應蟲大喊，因爲這絕對是他最不願意的事。

「你將見識他的可靠、勇敢、決心、忠誠。」阿札茲王說，虛應蟲被恭維徹底征服，忘了要再度抗議。

「我相信他一定會是個好幫手。」他們開車通過廣場時，米羅大喊。

「但願如此。」答答自個兒心想，因爲他實在不確定。

「祝好運，祝一切好運。一定要小心哪！」國王高喊，他們便往前方的路開去了。

米羅和答答心想，眼前不知是怎樣的奇異冒險。虛應蟲實在想不透自己怎麼會涉入這般險境。群眾瘋狂揮舞歡呼。他們不在乎有誰大駕光臨，但只要有人走，必定夾道歡送。

9 要多角度看世界

很快的，文字城在遠方消聲匿跡，在眼前延展的，是文字城與數字城的未知異地。傍晚時分，深橘色的太陽沉沉地懸浮在遠處上方。一道涼爽宜人的微風嬉鬧般打上車身，樹木、灌木叢慵懶地投出長長的影子。

「噢，寬敞的大路！」虛應蟲驚呼，他似乎對這趟旅行感到愉快愜意。「冒險的精神、未知的誘惑、遠征的驚心動魄。眞是豪邁雄偉啊。」他自滿地把手臂交叉胸前，往後一坐，就此安頓下來。

幾分鐘後，他們出了寬敞的鄉村，開進一座濃密的森林。

此為風景路線：直走向前，直抵觀點森林

一面挺大的路牌這麼寫著；不過，文字與事實違背，這裡只有一望無際的樹木。隨著車子奔馳前進，樹林也更加高聳濃密、枝葉繁茂，漸漸將整片天空遮起。森林戛然而止，路繞著一座寬大山谷蜿蜒而行。在底下延展著的，無論左、右、前方，放眼盡是他們方才穿越的蒼翠地景。

「壯麗的風景。」虛應蟲如此說道。他從車子上跳下來，彷彿現在由他領頭當家。

「是不是很漂亮？」米羅倒抽一口氣說。

「噢，我不知道。」一個奇怪的聲音這麼答。「端賴你用什麼角度看。」

「你說什麼？」米羅說，因爲他沒有看見說話的是誰。

「我說，端賴你用什麼角度看。」那個聲音重複。

米羅轉身，發現自己瞪著一雙擦得晶亮的棕鞋，因爲，一個與他年紀差不多的男孩，站在他正前方（如果懸浮在半空中也能稱作「站」的話），腳離地約一公尺。

「舉例來說，」男孩繼續說：「如果你喜歡沙漠，你可能覺得這一點都不美。」

「那倒是眞的。」虛應蟲說，他可不想違抗腳離地那麼遠的人。

「舉例來說，」男孩又說：「如果聖誕樹是人、人是聖誕樹的話，我們都會被砍下來擺在客廳，用金閃閃的聖誕彩帶包起來，讓樹把我們這些禮物拆開。」

「這有什麼關連？」米羅問。

「什麼也沒有，」他回答：「不過這種可能性倒是挺有趣的，不覺得嗎？」

「你是怎麼站到上面去的？」米羅問，因爲這才是最吸引他的話題。

「我才正想問你類似的問題呢。」男孩回答。「你的實際年齡一定比外表大，所以腳才能站在地上。」

「你是什麼意思？」米羅問。

「唔，」男孩說：「我們家的每個人都生在空中，頭的高度剛好在成年後會長到的位

置，接著朝地上慢慢發育。等我們都長大了，或說長到地上了，腳才會眞的著地。當然嘍，也有少數人的腳永遠也不會碰地，無論變得多老。不過我想每個家庭都一樣吧。」

他在空中跳了幾步，接著跑回原本的位置，繼續說道：

「你已經雙腳著地，想必非常老了吧。」

「噢，不，」米羅認眞地說：「在我們家，我們都從地上開始長，除非不再長大，否則永遠不知道自己會有多高。」

「這種模式有點笨。」男孩笑著說：「所以你會不斷變換高度，總是用不同的方式看世界？唔，所以十五歲看東西的想法會和十歲時不一樣，二十歲又整個大翻盤。」

「我想是吧。」米羅回答，他從沒認眞想過這個問題。

「我們總是用同樣的眼光看世界。」男孩繼續說：「這樣比較不麻煩。再說，往下長比往上長合理得多。當你非常年輕的時候，就算從半空中掉下來，你也絕不會受傷。你也絕不會因爲拖著腳走路磨壞鞋子，或是在地上留下印記而惹出麻煩，因爲根本沒什麼能磨到鞋子，況且離地一公尺，完全留不了印記。」

「那倒是眞的。」答答心想，一邊想著家族裡的狗不知道會不會喜歡這種安排。

「不過，還有很多種看事情的角度。」男孩轉身對米羅說：「舉例來說，你早餐很豐盛，有柳橙汁、水煮蛋、土司、果醬、牛奶。」他對答答說：「你總在擔心浪費時間的人們。」接著他指著虛應蟲說：「還有你，幾乎什麼事都沒弄對，要是沒出錯，通常是瞎貓碰上死耗子。」

「太誇張了。」憤怒的虛應蟲抗議道，他沒料到小男孩竟能瞧見這麼多看不見的事情。

「不可思議。」答答倒抽一口氣說。

「你是怎麼知道的？」米羅問。

「簡單，」他驕傲地說：「我乃愛立克．賓司；能把東西看透。無論是裡面、後面、周圍，被覆藏住，或是緊跟在後的，無一能逃過我法眼。唯一看不見的，就只有發生在我鼻梁正前方的東西。」

「這樣不會不方便嗎？」米羅問，抬頭看讓他脖子有些僵硬。

「確實有一點。」愛立克回答。「不過，了解事物背後的玄機相當要緊，其餘一切我的家族會幫忙處理。我爸爸負責看穿，我哥哥觀前，我媽媽顧後，我叔叔分析面向，我妹妹愛麗絲則是推敲底部。」

「她要是浮在空中，要怎麼推敲底部？」虛應蟲怒吼。

「唔，」愛立克側手翻了個筋斗，繼續補充：「要是看不見底部，那就用眺望的。」

「我也能到上面看看什麼嗎？」米羅禮貌地問。

「行，」愛立克說：「不過，你得非常努力，學習用成人的眼光看世界。」

米羅非常賣力地試，這個時候，他的腳緩緩離地，直到他站到空中，來到愛立克旁邊。他迅速環顧四周，轉眼又跌回地球表面。

「很有趣，是不是？」愛立克說。

「沒錯，確實是。」米羅揉揉自己的頭，把身上灰塵拍了拍。「不過，我想我會繼續用小孩的角度看世界。離地不遠，不至於摔跤。」

「至少就目前而言，這是個明智的決定。」愛立克說：「每個人都該有自己的觀點。」

「這裡不就有每個人的觀點了嗎？」答答問，好奇地環顧周圍。

「當然不是，」愛立克回答，在一片空無之上坐了下來。「這只是我的觀點，你當然不能老是都用別人的觀點看事情。舉例來說，從這裡看過去，那像是一桶水。」他指著一桶水說。「從一隻螞蟻的觀點，卻是汪洋一片。對大象來說，是冰涼的飲品；對魚而言，當然是家。所以嘍，你從什麼角度出發，大大決定了你看事物的觀點。唔，跟我來，我來帶你看森林的其他地方。」

他迅捷地在空中跑著，偶爾停下來喚米羅、答答、虛應蟲跟上。以雙腳踩地的族群標準來看，他們跟路的功夫堪稱一流。

「這裡每個人的成長方式都和你一樣嗎？」米羅追上時，氣喘吁吁地問。

「幾乎每個人都一樣。」愛立克回答，之後又停下來想了一會兒說：「不過，偶爾會有人生長方式出現異狀。腳不往下，竟然朝天空長。不過，我們會盡全力抑制這種怪事。」

「那後來呢？」米羅追問。

「奇怪的是，他們竟然常常長成一般人的十倍大。」愛立克語重心長地說：「還聽說他們和星群一道走。」就這樣，他又朝前方的森林疾步跑去。

10 七彩繽紛的交響曲

他們奔跑時，周圍的大樹團團閉合，朝天際呈優雅的弧形。傍晚陽光輕輕在葉間跳動，沿著枝幹滑行、流淌下樹幹，最後以一道道溫暖明亮的光束落入大地。空氣中洋溢著特別的光線，讓萬物看起來清晰可人，彷彿伸手就能觸及。

愛立克跑在前面，又笑又叫，但是沒多久，就遭逢棘手難題。因為，雖然他能看到下棵樹後的東西，卻永遠看不見下棵樹，一次又一次地迎面撞上。幾分鐘的橫衝直撞以後，他們都停下來喘口氣。

「我想我們迷路了。」虛應蟲氣喘吁吁地說，跌進一片寬闊的果樹叢。

「沒有的事！」愛立克從高坐的枝頭上大喊。

「你知道我們在哪兒嗎？」米羅問。

「那當然。」他回答。「我們就在這裡啊。況且，迷路並非不知道自己在哪兒，而是不知道自己不在哪兒——對於究竟不在哪兒，我向來都不在乎。」

對虛應蟲來說，這實在太複雜、太難以理解。米羅正準備對自己複述一遍，愛立克卻說：「要是你不相信我，就去問巨人吧。」他指了指夾在兩棵大樹間的一棟小屋。

米羅和答答走到門前，上面的黃銅名牌只寫著「巨人」二字。他們伸手敲了敲。

「午安。」應門的男人說，他的體型正常無比。

「你就是巨人？」答答懷疑地問。

「是啊，」他驕傲答道：「我是全世界最嬌小的巨人。我能爲你效勞嗎？」

「我們迷路了嗎？」米羅問。

「這可是道艱深難題。」巨人說。「何不繞到後頭去問問矮人？」於是他便把門關上。

他們走到屋後，發現跟前門一模一樣的門。他們敲敲門，看到上面名牌寫著：「矮人」。

「你好嗎？」男人問，看上去跟巨人完全一個樣。

「你是矮人嗎？」答答又問，語氣裡有股不確定。

「無庸置疑。」他回答：「我是全世界最高的矮人。能幫你什麼忙嗎？」

「你覺得我們迷路了嗎？」米羅又再

問了一次。

「聽起來非常複雜。」他說：「何不繞去側邊問胖子？」他也很快就消失了。

房屋的側邊和前面、後面看起來非常像，他們才一敲門，門馬上就開了。

「眞高興你們來訪。」男人驚呼，簡直像矮人的雙胞胎兄弟。

「你一定是胖子了。」答答說，他這下學會不要以貌取人。

「全世界最瘦的胖子。」他爽朗回答。「不過，如果你們有任何問題，我建議去問瘦子，他在屋子的另一側。」

他們猜得沒錯，房子的另一側看起來就跟前面、後面、側邊一樣，應門的同樣是跟其他三個完全相仿的男人。

「眞是太驚喜了！」他愉快大喊。

「都不記得多久沒訪客了呢。」

「多久？」米羅問。

「我確定我不知道。」他回答。「抱歉啊，我得去應門。」

「可是你才剛開門啊。」答答說。

「噢，對耶，忽然忘了。」

「你就是全世界最胖的瘦子嗎？」答答問。

「你有認識比我更胖的嗎？」他不耐地問。

「我覺得你們全都一樣啊。」米羅認真地說。

「噓——」他小心翼翼地說，把手指擺在嘴唇，要米羅湊近點。「你是想把一切都給毀了嗎？瞧，對高個子來說，我算矮子；對矮子來說，我算巨人；對瘦

子來說，我算胖子；對胖子來說，我又算瘦子。因此，我可以同時承擔四種工作。不過，你也看得出來，我不高、不矮、不胖，也不瘦。說眞的，我這人相當普通，但是這世上有好多普通人，卻沒人想問他們意見。唔，你的問題是什麼啊？」

「我們迷路了嗎？」米羅又問一次。

「嗯——」男人搔搔頭說：「這麼困難的問題，我好久沒遇到了。介不介意再重複一次？問題從我心上溜走了。」

米羅又問了同樣的問題。

「我的天，我的天，」男人咕噥：「我只確定一件事：辨別現在是否迷了路，比曾經是否迷過路要困難得多。很多時候，你要去的地方，正是你此刻所在的位置。而且，還會發現，從前到過的地方，本來就不該去。從未曾離開的地方找路回來，簡直難如登天。既然如此，我建議你動身後再做決定。如果還有什麼問題，請問巨人去。」接著他把門甩上，拉下百葉窗。

「希望你滿意。」他們從屋子出來後愛立克說，接著他彎身搖醒打鼾的虛應蟲，以緩慢許多的速度，朝一片大空地的方向移動。

「很多人住在這片森林裡嗎？」他們一起快步走著，米羅這麼問。

「噢，沒錯，他們住在一個名叫眞實的美好城市。」他這麼說著，往其中一棵小一點的樹木衝進去，堅果、樹葉擊落一地。「這邊。」

又走了幾步路後，他們出了森林，一座宏偉的大都會在他們左側出現。屋頂像面鏡子粼光閃閃，牆面因千顆珍石閃爍，寬廣的大路鋪了一地銀輝。

「是那個嗎？」米羅大吼，朝閃耀的街道跑去。

「噢，不，那是幻覺。」愛立克說。「眞正的城市在那兒。」

「幻覺是什麼？」米羅問，因爲這實在是他看過最美麗的城市。

「幻覺，」愛立克解釋：「就好比海市蜃樓。」發覺他們還是不懂後，又繼續說：「海市蜃樓並不存在，但你卻能看得十分清晰。」

「不存在的東西怎麼能看得見？」虛應蟲打著呵欠說，他還沒完全醒過來。

「有時，不存在的東西，比存在的還容易看到。」他說。「舉例來說，如果有什麼東西在那兒，你只有睜開眼睛才能看見；但如果東西不在，就算眼睛閉起來也能看到。就是因爲這樣，想像的事物往往比眞實的東西更易見。」

「那眞實又在哪裡？」答答吠著問。

「就在這裡。」愛立克揮舞手臂大喊。「你站在主要大道的正中央。」

他們小心翼翼地環顧四周。答答狐疑地聞聞風，虛應蟲輕輕在空中揮舞手杖，卻沒看見什麼東西。

「眞是一座非常吸引人的城市。」愛立克說，一邊在街道漫步，指著幾個不存在的景點，向行人致意。許多人低頭跑進來，繞著不存在的街道橫衝直撞，在看不見的建築物穿進穿出，似乎都知道自己要去哪裡。

「我沒看見這裡有什麼城市。」米羅輕聲說。

「他們也沒有。」愛立克傷感地回應。「但是不要緊，反正他們沒感覺。」

「住在一個看不見的城市，想必十分辛苦。」米羅堅持說，一排汽車和卡車開過來，他趕緊跳到一邊。

「一點都不會，習慣就好。」愛立克說。「不過，讓我告訴你是怎麼構成的吧。」他們沿著擾攘的大道漫步，他開始說：

「很多年前，這裡是座美麗城市，放眼盡是漂亮的房屋與寬敞的空間，住在這裡的人，沒有一個在趕時間。街道上有各式各樣的美好事物，人們常駐足流連。」

「他們沒地方去嗎？」米羅問。

「當然有。」愛立克繼續說：「不過，你也知道，從一個地方到另一個地方的最大理由，就是爲了看看中間的風景。光是這件事，就帶給他們莫大享受。然後有一天，有個人發現如果用最快速度行走，只看腳步什麼也不瞧，就會早早到達目的地。很快的，所有人都這麼做。他們跑下大道，急忙向前衝，城市的美景奇觀都只是匆匆一瞥。」

米羅想起自己也老是這樣。儘管他努力回想，卻怎麼也想不起路上究竟有哪些東西。

「沒有人注意路旁東西看起來什麼

樣，當他們移動得越來越快，所有東西卻變得越來越醜、越來越髒。最後，竟然發生了一件奇怪至極的事。因為沒有人在意，城市漸漸消失。建築物一天比一天更微弱模糊，街道也漸漸淡去，終至完全不見。什麼都看不見了。」

「那他們怎麼辦？」虛應蟲問，忽然引起了興趣。

「不怎麼辦，」愛立克繼續說：「他們像以往那樣繼續住著，住在再也看不見的屋子裡、住在早已消失的街道上，因為絲毫沒人注意。直到今天，他們一直維持這種生活方式。」

「難道沒有人告訴他們嗎？」米羅問。

「說也沒用。」愛立克回答：「因為他們永遠也看不出到底要找什麼。」

「他們為什麼不去住在幻覺裡？」虛應蟲建議：「那裡美多了。」

「許多人確實如此。」他回答，又朝森林的方向走去。「不過啊，活在一個不存在的地方，和一個看不見存在的地方，其實是差不多糟的。」

「或許有一天，你能擁有一座城市，和幻覺一樣顯而易見，和真實一樣難以忘卻。」米羅說。

「除非你把理韻二人帶回，這種事才有可能發生。」愛立克微笑著說，因為他一眼看穿米羅的計畫。「現在，讓我們加緊腳步，否則要錯過晚間音樂會了。」

他們隨他迅速踏上一排看不見的階梯，穿過一道不存在的門。不過一會兒，他們已離開眞實（其實難以區分），站在森林中一片截然不同的區域。

太陽緩緩滑出視線，一道道紫色、橘色、暗紅、金色的光束在遠處山頂堆疊。最後的光線在耐心等待一隊鶺鴒歸巢，一群焦急的星星已各就各位。

「我們到了！」愛立克大喊，手一揮，朝一支大交響樂團一指。「是不是很壯觀啊？」眼前，少說有一千個音樂家排成拱形陣列。左右兩邊是小提琴和大提琴，琴弓以大波浪狀舞動。背後是無數的短笛、長笛、豎笛、雙簧管、號角、小號、長號、低音號，全都同時演奏。而遠到幾乎看不見的地方，是各樣打擊樂器；陡峭斜坡的一邊，有一長列莊嚴的低音大提琴。

指揮家站在前頭一個高高的指揮台，是個高瘦的男人，深色、凹陷的雙眼，一道薄唇夾在他尖長的鼻子與下巴之間。他不用指揮棒，而以橫掃般的大動作指揮，彷彿起於腳趾，緩緩往上貫穿全身，沿著纖細的手臂流動，最後止於優雅的指尖。

「我什麼音樂也沒聽見。」米羅說。

「沒錯。」愛立克說：「因爲這場音樂會不是用聽的，而是用看的。來，注意了。」

當指揮家揮舞手臂，眼前的空氣像是等待捏塑的軟泥，樂手們小心翼翼地跟隨他的每道指示。

「他們在彈奏什麼啊？」答答問，疑惑地抬頭望著愛立克。

「當然是夕陽。他們每天傍晚演奏，大約都在這個時候。」

「是嗎？」米羅詫異地問。

「是啊。」愛立克回答。「他們也演奏早上、中午、晚上，當然是對應早上、中午、晚上的時段。唉，除非他們演奏，否則世界不會有任何顏色。每種樂器專司一種顏色。」他繼續解釋：「當然，指揮會依季節與天候變化，來選曲指揮。瞧，太陽就要下山了，等會兒你就可以當面問濃豔大師本人了。」

當最後一道色彩慢慢從西方天空褪去，樂器一一歇止，最後只剩低音大提琴緩慢地演繹夜色，一小串銀鈴點亮星群。當夜色吞噬森林，指揮把手垂在兩側，靜靜地站著。

「夕陽眞美。」米羅邊走向指揮台邊說。

「應該的。」耳邊響起這樣的回應。「打從世界誕生，我們就一直在練習了。」那人手伸下來，把米羅從地上抓起放在譜架上。「我是濃豔大師，」他繼續說，雙手大幅度地比劃著，「色彩的指揮家，顏料的大師，全光

譜的導演。」

「你一整天都在演奏嗎？」米羅自我介紹完這麼說。

「沒錯，一整天，每天都是。」他這麼大唱，然後繞著指揮台優雅地踮起單腳腳尖旋轉。「我只有晚上休息，但即便是那時，它們還是繼續演奏。」

「如果你停下來會怎麼樣？」米羅問，他實在不大相信顏色是這麼構成的。

「你自己看看吧！」濃豔大師咆哮，雙手高舉過頭。前一刻還在演奏的樂器立刻停下，所有顏色瞬間消失。整個世界像是一本未曾用過的巨大著色簿。所有東西都以簡單的黑線條勾勒，看上去，彷彿有人用房屋大小的顏料組、寬得超越想像的畫筆，漆出能愉快停留數年的圖案。接著濃豔大師放低他的手臂，樂器演奏起來，顏色才又回來了。

「這樣，你該了解要是沒有顏色，世界會變得多單調了嗎？」他邊鞠躬邊說，頭低得幾乎要碰到地面。「但是，當我領著我的小提琴拉出碧綠的春天小夜曲，或聽我的小號發出響亮的蔚藍海洋，接著欣賞雙簧管染出暖黃陽光，該是怎樣的美好享受啊。彩虹最爲精采——還有熾熱的霓虹燈招牌、印有條紋的計程車、迷濛天氣的低啞色調。全是我們一一演奏出來。」

濃豔大師說話時，米羅坐著，兩眼睜得老大。愛立克、答答、虛應蟲也都驚奇地望著。

「這會兒，我眞該補個眠了。」濃豔大師打了個呵欠。「最近幾個晚上，我們有閃亮、煙火、遊行，我都得起來指揮。不過今晚，保證安寧。」接著，他把手擺在米羅肩上，說：「好孩子，答應我，看我的樂團演奏，直到明天早晨，好嗎？還有，務必在五點二十三分叫醒我，我要指揮日出。那麼，晚安，晚安，晚安。」

就這樣，他輕輕從指揮台一躍，不過長長三步，就沒入森林消失無蹤。

「這點子真不錯。」答答說，一邊讓自己在草地上安臥。虛應蟲喃喃有詞，很快入睡，愛立克也在半空中伸展筋骨。

至於滿腦想法與問題的米羅，他在明日的樂譜上蜷身窩著，急切等候旭日東升。

11 荒腔走板

時間一分一秒地過去，五點二十二分整時（依據答答精確無比的時鐘），米羅小心翼翼地睜開一隻眼，接著又睜開另一隻。眼前還是一片紫色、深藍、黑色，漫長靜謐的夜卻已一刻不留。

他慵懶地伸展身體、揉揉眼皮、搔搔頭、微微一抖，向清晨的薄霧打招呼。

「我得把濃豔大師叫醒看日出，」他輕輕地說。忽然，他心想，不知道親自指揮管弦樂團、爲全世界著色會是什麼感覺？

這個念頭在他腦海盤旋不已，於是他決定，既然這項工作不會太難，既然團員也都知道該怎麼進行，既然這麼早叫醒一個人實在太可惜，既然這應該是他唯一的嘗試機會，既然音樂家都已各就各位，那麼他就──指揮一下下就好。

就這樣，大家平靜地繼續睡著，米羅踮起站起，緩緩把手臂在面前高舉，用右手食指做出最微細的動作。這會兒是五點二十三分。

彷彿完全聽懂他的訊號，一支短笛吹出一個單音，東方天際劃過一道冷調的檸檬色光芒。米羅露出愉快的微笑，再度謹慎地彎起手指。這一次，又有兩支短笛、一支長笛加入，三條光束輕盈地躍入視線。接著，他用雙手在空中劃一個圈，欣喜看見所有樂手齊聲奏起音樂。

大提琴讓山脈發紅，當小提琴拉起曲子，草葉也披上柔軟淡綠。整個交響樂團爲森林洗灑色澤，只有低音大提琴在旁歇息。

米羅眞是喜出望外，因爲他們都爲他演奏，而且正是應有的樣子。

「濃豔大師應該會大爲讚賞吧！」他心想，一面示意樂手停下。「我來把他叫醒。」然而，眼前的樂手不但沒有停下，反而越奏越響，直到每種顏色濃得超乎想像。米羅用一隻手遮住眼睛，另一隻手瘋狂舞動，顏色卻仍是越來越亮、越來越刺眼，直到一樁更離奇的事緩緩發生。

當米羅手忙腳亂地指揮，天空慢慢從藍色變成古銅，接著又轉爲洋紅。淺綠色的雪花漸漸飄落，樹葉和灌木叢也轉爲生動橘紅。

所有花朵瞬間轉黑，灰岩變成美麗的淡黃綠，就連沉靜睡著的答答也從棕色化作壯麗的青藍色。沒有一樣東西是原本應有的顏色，他越想把狀況擺平，眼前的亂局就越不可收拾。

「眞希望當初沒有捅這個簍子。」一隻淺藍色的黑鳥飛過時他心想。「似乎沒有辦法阻止了。」

他努力把濃豔大師的動作全都試過一次，卻一點效果也沒有。音樂家越奏越快，紫色太陽迅速衝過天際。不到一分鐘的時間，它又再度西下、毫不遲疑的東升。天空此時近乎黃色，青草覆上迷人的薰衣草色。太陽七度升起，顏色不停變換，卻又幾乎在同一時刻消失。不過花了幾分鐘，整整一星期卻過去了。

最後，米羅筋疲力盡，雙手垂到兩側，卻不敢尋求幫助，幾乎就要哭了出來。管弦樂團停了下來。五顏六色盡失。眼前再度是夜晚。時間是清晨五點二十七分。

「醒醒，各位！日出的時候到了！」他大喊著，並鬆了一口氣，趕緊從指揮台跳下來。

「眞棒的休息。」濃豔大師說，昂首闊步往指揮台邁去。「感覺像是睡了一星期。唉呀、唉，看來我們今天遲了好一會兒囉。午餐時間得縮短四分鐘。」

他敲了敲指揮台要大家注意，這一次，黎明進展得相當順利。

「你表現得很好。」他說，順道拍了拍米羅的頭。「有一天我會讓你親自指揮。」

答答驕傲地搖搖尾巴，米羅卻一語不發。除了恰巧在那個怪異早晨五點二十三分醒來的幾個人以外，沒有人知道那走失的一週。

「我們最好趕緊上路。」答答說，他的鬧鐘又開始響起來。「還有好一段路要走。」

濃豔大師一臉親切地點頭道別，一行人啓程穿越森林。爲了表達歡迎之意，濃豔大師讓朵朵野花綻放驚人的瑰麗。

「眞遺憾你不能久留。」愛立克不捨地說：「觀點森林還有好多值得一看的景點。不過我想，每個地方都有很多值得看的東西，只要眼睛睜得雪亮。」

他們走了一會兒，各自陷入安靜的沉思。最後他們來到車子旁邊，愛立克從上衣掏出一只精緻的望遠鏡，遞給米羅。

「帶這個上路吧。」他說。「有許多值得留意的地方，人卻常常視而不見。透過這個，無論是人行道縫隙裡的軟苔，或是極其遙遠的星光，都能一覽無遺——最重要的是，你能窺見事物的眞相，不只是它們展露的外貌。這是我要送給你的禮物。」

米羅把望遠鏡小心翼翼地擺進汽車前方的小置物箱，仰頭與愛立克握手。接著他踩下啓動器，帶著滿腦的詭譎新點子，往森林盡處開去。

鄉村風光在他們眼前鋪展，每道山峰的一側是一連串高低起伏的地形，另一側則緩緩下滑，讓人不由得翻胃皺眉。當他們攀上最頂峰，一道幽深的山谷忽現在前。腳下的路像是終於拿定主意，筆直驟降，彷彿急著想與底下流動的湛藍溪流重歸舊好。等他們終於抵達谷底，風逐漸增強、鑽過岩隙，正前方有個鮮豔小點越變越大。

「看上去像是貨車。」米羅興奮大喊。

「確實是輛貨車——嘉年華貨車。」答答跟著說。確實如此——那輛車停在路邊，漆成大紅色，一副被遺棄的樣子。一側用斗大的黑框白字刻著「吵雜。A。刺耳」，底下則是字體稍小的「走音博士」。

「如果有人在家的話，或許就能告訴我們還要走多遠。」米羅說，一邊把車停在貨車旁。

他怯懦懦地踮起，踏上三層木階，輕輕敲了敲，隨即又驚恐地往後跳。因爲他一敲，貨車裡就傳來一陣破碎巨響，聽起來像是一整疊盤子從天花板掉到堅硬的石地板。就在這個時候，門轟的打開，幽暗的室內傳來一個粗啞的聲音：「你有沒有聽過一整疊盤子從天花板掉到堅硬的石地板？」

米羅從階梯上往後一摔，趕緊坐直身子，答答和虛應蟲則衝過來，看發生什麼事了。

「唔，你有嗎？」那聲音問道，刺耳的嗓音讓人不禁想清清喉嚨。

「剛剛是第一次聽到。」米羅回答，一邊站起身。

「哈！我想也是。」那聲音愉快地說。「那你聽過螞蟻穿著毛拖鞋，走過厚重毛毯的聲音嗎？」他們都還來不及回答，他就繼續用怪異的粗啞嗓子說：「唔，別光站在冷風裡啊。進來，進來。你們剛好經過可眞幸運，一個個看起來氣色不佳啊。」

天花板燈光微微照亮，他們小心翼翼地踏入車內——答答打先鋒，提防各種危險情況；米羅緊跟著，恐懼又謹慎；虛應蟲殿後，隨時準備逃命。

「這就對啦，看看你們自己。」他說：「唉——慘，相當悽慘。棘手的難題。」

灰塵滿布的貨車裡有一排排架子，擺滿令人好奇的盒子，和古老藥鋪會有的罐子。貨車彷彿好幾年沒清了，零零落落的器材散置一地，最後頭擺了張厚重的木桌，放滿書、瓶子、裝飾品。

「那你聽過眼睛被矇住的章魚，掀開用玻璃紙蓋住的浴缸的聲音嗎？」四周響起宏亮、急躁的沙沙聲，他又問了一次。

邀請他們進來的是一個男人，坐在桌前，忙著調配、測量東西。他穿著一件長長的白袍，脖子上掛著聽診器，額頭前貼了面小圓鏡。這人身上唯一醒目的，就只有一小撮鬍子和那對大耳朵，兩片耳朵幾乎跟他的頭一樣大。

「你是醫生嗎？」米羅問，努力讓自己鎮定。

「我是吵雜．A．刺耳——走音博士。」男人咆哮。他說話時，一旁響起好幾處小爆炸，還有嘎嘎的碎裂聲。

「請問中間的『A』是什麼意思？」緊張的虛應蟲支支吾吾，嚇到動彈不得。

「**A級大嗓門**。」博士放聲怒吼，緊接著是兩聲尖叫和一聲砰。「來，站近點，舌頭伸出來。」

「被我猜得正著。」他繼續說，打開一本積滿灰塵的書，一頁頁翻找。「你罹患噪音缺乏之重症。」

他開始繞著貨車蹦蹦跳跳、從櫃子上抓取瓶子，直到桌子的一端擺滿各種顏色、尺寸的瓶瓶罐罐。每個罐子都清楚標著：大吼、輕叫、碰、砰、摔、砸、唰、嗖、喀嚓、呼嘯、鏘、吱吱、嘎嘎等五花八門的喧囂吵雜。他把每一種原料都倒一點進玻璃大燒杯，用一根木湯匙徹底攪拌，目光炯炯地看著它起煙、升騰、滾沸、冒泡。

「馬上就好。」他揉揉雙手解釋道。

米羅從沒看過這麼不討人喜歡的藥，一點都不急著試。「你到底是哪種博士啊？」他狐疑地問。

「唔，你也可稱我為專家。」博士說：「精通噪音——各式各樣——從響亮到輕柔，輕度擾人到重度刺耳。舉例來說，你聽過方輪子的蒸汽壓路機，載滿硬挺的水煮蛋開過馬路的聲音嗎？」他問，說話時，四周只聽得見嘎吱嘎吱的聲音。

「可是誰會想要聽那些恐怖的噪音啊？」米羅掩耳問。

「每個人都想！」博士驚訝地說。「現在它們可流行的呢。唉，我忙得都沒時間處理噪音丸、喧囂乳液、吵鬧藥膏、騷動補品的訂單。時下的人似乎淨想要這些玩意兒呢。」

他又把燒杯裡的液體攪拌幾下，蒸氣消散後，繼續說：

「生意不是一直都很興隆。幾年前，人人都想要悅耳聲音，除了戰爭、地震期間之外，生意可是差得很。後來，大城市一一興建，人們對喇叭聲、火車噪音、叮噹鈴響、刺耳呼喊、穿牆尖叫、水溝的嘩啦聲，和其他我們現在大量使用的美妙噪音需求大增。少了它們，人們會很不快活，所以我負責確保每個人要多少，就得到多少。唔，要是每天來一點我的藥，保證再也不會想聽悅耳聲音。來，試一點看看。」

「如果是這樣的話，那我寧可不要。」虛應蟲邊說，邊往貨車的另一端後退。

「我才不想醫好對悅耳聲音的需求。」米羅堅持。

「還有，」答答確定自己對走音博士沒什麼好感，於是怒吼道：「根本沒有缺乏噪音這種症狀。」

「的確沒有，」博士給自己倒了一小杯液體，回答道：「這也正是難以治療之處。我只治療不存在的病：這樣，就算治不好，也不會有什麼害處——不過是這行的預防措施罷了，」他下了結論，發現沒人打算嚐他的藥，於是又從架上取下一個深琥珀色的瓶子，小心去掉灰塵，擺在他面前的桌上。

「好吧，如果你們想要一輩子都承受噪音缺乏症的痛苦，我把它全都給藍彈當午餐好了。」他說道，一邊拔出瓶子的木塞，發出空洞的啵的一聲。

好一會兒，四下靜悄悄，米羅、答答、虛應蟲直盯著瓶子看，心想走音博士接下來會怎麼做。接著，他們聽見低沉的隆隆聲像是從好幾哩外傳來，一開始還非常微弱，然後那聲音漸漸變大、變大、變大，步步逼近、逼近、逼近，直到最後變成震耳欲聾的轟然咆哮，像從小瓶子裡頭傳來。接著，一陣藍煙霧從瓶裡螺旋升至天花板，攤開，最後聚成一團厚重的藍煙霧，有手、有腳、亮黃色的眼睛，還有一張皺起的大嘴。煙霧徹底出了瓶子後，它緊緊抓牢液體燒杯，把原本應該是頭的部位——如果它有顆頭的話——往後傾，三口氣就把它嚥下。

「啊——可眞棒啊，主人！」他大吼著，整輛貨車都搖動起來：「我以爲你永遠不會放我出去。裡頭可是擠得要命。」

「這位是我助理，恐怖的藍彈。」走音博士說：「你得原諒他這副外表，因爲坦白說，他眞的無形無體。他是個孤兒，由我親自撫養，沒有政府補貼和其他福利——」

「沒撫養就是好撫養。」藍彈插嘴道，笑聲讓他頓時捲成兩倍高（如果你能想像一團濃厚的藍霧笑到變成雙倍高的話）。

「因為我當初找到他的時候，」博士繼續說，對眼前的失控不予理會：「他孤零零地被遺棄在一只蘇打罐裡——沒有家也沒有親戚——」

「沒姪子就是好姪子。」藍彈又咆哮，笑聲聽起來像好幾個汽笛同時鳴響，還摑了一下自己膝蓋原本應該在的位置。

「我把他帶來這兒。」惱怒的走音博士繼續說：「儘管他沒外表、沒特色，我還是加以訓練——」

「沒鼻子就是好鼻子。」藍彈再度大吼，在一陣歇斯底里中倒下，緊抓住身體兩側。

「我把他訓練成我的助理，負責配製、發散噪音。」博士一說完，拿出一條手帕抹抹額頭，擦擦汗。

「沒噪音就是好噪音！」虛應蟲驚呼，有樣學樣。

「啊！一點也不好笑。」藍彈嗚咽著說，走去角落生悶氣。

「『藍彈』究竟是什麼意思啊？」米羅問，終於從看到他現身的驚嚇中恢復。

「你是說，你從沒遇過恐怖的藍彈？」走音博士驚訝地說：「啊，我還以為每個人都見過呢。當你在房裡玩，發出很大的噪音時，他們會怎麼開罵？」

「噪音臭彈。」米羅說。

「鄰居在深夜時分把廣播開得震天響，你要在心裡下什麼咒，才能讓他們調低音量？」

「臭噪音彈。」答答回答。

「當你住的社區正在施工，成天轟隆大作，大家嘴裡抱怨的都是什麼？」

「吵死了！」虛應蟲生氣勃勃地回應。

「唉，這個『吵』，」藍彈苦惱地大喊，「正是我爺爺，他老人家死於一七一二年的肅殺大流感。」

藍彈一臉悶悶不樂，米羅也為他感到難過，於是就把手帕遞給他，瞬間沾滿藍彈的煙霧淚。

「謝謝你。」藍彈哀號道：「眞是好心。但我眞的不懂，你為什麼就不喜歡噪音？」他說：「唉，上星期我聽了一場爆炸，美妙得讓我整整痛哭兩天。」

想到這兒，他又激動得淅哩嘩啦了一陣，像指甲刮過一哩長的黑板。他把頭埋進博士的大腿上。

「他眞是善感多愁啊，是不是？」米羅問，想安撫情緒化的藍彈。

「確實。」走音博士同意。「但他說得沒錯，噪音確實是全世界最有價值的東西。」

「阿札茲國王說是字。」米羅說。

「胡扯!!」博士咆哮：「嬰兒需要食物時，他會怎麼開口？」

「放聲尖叫！」藍彈回答，愉快地抬起頭。

「那汽車需要汽油的時候呢？」

「哽咽失靈！」他又大喊，高興地跳了起來。

「要是河流需要水，它怎麼辦？」

「咯吱咯吱！」藍彈大吼，一陣失控的笑聲讓他不支倒地。

「那新的一天開始時呢？」

「啪的一聲破曉！」他愉快地從地板喘氣回答，臉上一陣狂喜。

「你也看到了，很簡單的。」博士對米羅說，米羅其實什麼也沒看到。然後，他轉身對睜大淚眼微笑的藍彈說：「你不是該走了嗎？」

「去哪兒？」米羅問：「或許我們要去同一個地方。」

「我並不這麼認爲。」藍彈回答，從桌上抱起一堆空袋子。「因爲我要繼續蒐集噪音。我要遍遊王國境內，蒐集曾被製造出的各種美妙恐怖噪音，把它們一一擺進袋子裡，帶回來這兒給博士配藥。」

「他的工作表現相當優異。」走音博士說，拳頭一把搥在桌上。

「所以，噪音在哪兒，我就在哪兒。」藍彈一臉笑意地說：「我得加快腳步了，因爲我知道今天有一場驚聲尖叫，好幾場大碎裂，還有一點兒騷動。」

「你要往哪個方向？」博士問，一邊攪拌另一鍋液體。

「去數字城。」米羅回答。

「那可眞是不幸，」藍彈匆忙快步往門邊走去時說：「相當不幸，因爲你得先通過寂靜谷。」

「眞有那麼糟嗎？」無時無刻都在擔憂的慮應蟲問。

藍彈在門口停下來，幾近無形的臉上，是極度驚懼的表情。博士顫抖的樣子，聽起來非常像高速行進的貨運列車，倏地撞進一座布丁山裡。

「你很快就會知道了。」藍彈就只說了這麼一句，便不捨地與他們告別，爲他的任務奔馳而去。

12 寂靜谷

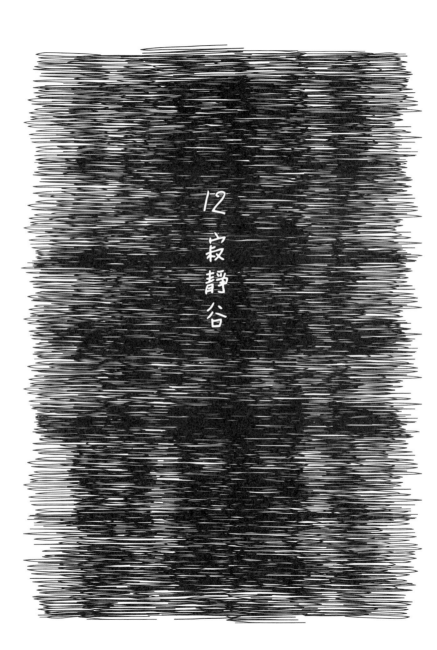

「這片山谷眞舒適宜人，」他們繼續沿高速公路顛簸前進時，米羅心想。虛應蟲在一旁哼著老歌，盡情娛樂自己，答答則滿足地用鼻子大力吸風。

「我實在看不出走音博士到底在緊張什麼。這條路上不可能有什麼怪東西。」這個念頭才剛閃過，他們立刻穿過一道沉重的石拱門，所有東西都非常不一樣。

一開始，實在很難說出究竟是什麼變了——看起來、聞起來都一樣——不過，不知怎麼的，聽起來就是有點兒不同。

「不知道發生什麼事了？」米羅說。或者說，他原本打算這麼說——因爲，雖然他的嘴唇移動，嘴裡卻一點聲音也發不出來。

忽然間他懂了，因爲答答不再滴滴答答，虛應蟲雖然愉快哼歌，卻是完全安靜的狀況。風不再磨葉沙沙，車不再吱吱嘎嘎，昆蟲也不再在田野嗡嗡飛舞。一丁點的聲音都聽不見，感覺像一個開關以神秘方式轉動，全世界的聲音瞬間關起。

虛應蟲忽然也了解了狀況，驚恐地跳起來；答答焦慮地檢查自己是否依舊準時。當你發現自己無論大聲嚷嚷、輕聲細語、忽蹦忽跳，結果都是一樣空洞無聲，肯定感覺很怪異。

「眞恐怖哪。」米羅慢下車速時心想。

三個人開始說話、同時大吼，一樣毫無結果。他們幾乎沒注意到車往哪裡開，最後闖進一大群人中間。這批人正沿路闊步前進，某一些人用不存在的嗓音尖聲高唱，另一些則手舉大招牌，上面寫著：

「悄然無聲」

「安靜就是節食」

「被聽見值得讚譽」

「為全人類多來點聲音」

一面巨大旗幟則簡短寫著：

「仔細聽」

除了這些標誌，和拖在後面的黃銅大砲以外，這些人和其他從沒造訪過的小鎮居民並無兩樣。

車停下來以後，其中一個人舉起一面牌子，上頭寫著：「歡迎來到聲之谷」。其他人肆意歡

呼，雖然聽起來一點都不歡欣鼓舞。

「你是來幫助我們的嗎？」另一個人跨步向前舉牌發問。

「拜託！」第三個人補充。

米羅拚命想解釋他是誰、要去哪裡，卻起不了任何作用。這麼說時，又有四面牌子繼續宣告：

「仔細聽聽看」

「我們」

「就告訴你」

「我們慘痛的不幸」

兩個人舉著一面大黑板，第三個人振筆疾書，向他們解釋寂靜谷爲什麼除了安靜以外，全無動靜。

「山谷中有個地方，離這裡不遠，」他開始寫著：「回音以前常在那兒聚集，風在那兒歇息。那邊有座大石堡，裡頭住著統領這片土地的聲管家。智慧國的老國王當年把魔鬼趕進遠山時，就指派她守護一切的聲音、噪音與過去、現在，和未來。

「頭幾年，她是個明智又受愛戴的君主，每天黎明時分釋放一天的新聲音，讓風送至王國各處。每晚月起之時喚回舊音，在大地窖裡歸類建檔。」

寫的人停下來拭拭眉頭，因爲黑板寫滿字，於是先整片擦掉，從最上面重新繼續寫。

「她慷慨到近乎過度，提供我們能派上用場的各種聲音：我們工作時哼唱的歌聲、燉鍋沸騰的冒泡聲、斧頭的劈砍聲、樹的倒地聲、鉸鏈的嘎吱聲、貓頭鷹的鳴叫聲、鞋子踩在泥濘裡的壓擠聲、雨打在屋簷上親和的拍打聲、甜美的風笛音樂聲，還有冬日冰霜在地上碎裂的尖銳喀嚓聲。」

他又停了一會兒，一滴渴望的眼淚從臉頰滑落唇上，嚐起來是陳年回憶的甜鹹滋味。

「這些聲音一被使用，就會仔仔細細、整齊有序地歸檔排列，供日後查詢。所有人和睦相處，山谷蓬勃發展，成爲聲音的喜樂之家。但就在這時，事情逐漸發生變化。

「一開始只是緩緩的，後來卻有群人一窩蜂地搬進來，他們帶來新的生活方式和聲音，有些非常美麗，有些則不然。不過，每個人都忙著手上的事，根本沒時間聽聲音。你們也知道，不被聆聽的聲音將會永遠消失，再也不復找尋。

「人們的笑聲變少了，抱怨變多了；歌聲不再，吼叫暴增了，發出的聲音越來越響亮、醜陋。就連鳥叫和微風都聽不見，沒過多久，所有人都不再用耳朵聽了。」

他又把黑板擦乾淨，虛應蟲強忍嗚咽，他又繼續寫。

「聲管家憂心忡忡，鬱鬱寡歡。每天蒐集的聲音越來越少，大部分的素材並沒有保存價值。很多人以爲是天候的關係，其他人怪罪月亮，但普遍公認問題源自少了理韻二人。但是，沒有人知道該怎麼辦。

「然後有一天，走音博士帶來一車的藥品，和煙霧狀的藍彈。徹底檢查過後，他保證把每個人的狀況醫好，聲管家於是讓他試試。

「他給每個大人、小孩幾匙難吃的藥，果眞奏效——但不全然如預期那樣。因爲，除了噪音之外，他幫每個人全都醫好了。聲管家氣壞了。從此，她將他驅出山谷，並發布以下法令：

自今天起，聲之谷全面禁音。既然聲音不再受讚揚，本人在此廢止一切。請將未用過的聲量繳還石堡。

「從那時候開始就一直這樣了。」他傷心地總結。「我們無力改變，每天頻頻傳來新的苦厄。」

一個嬌小男人手裡捧滿信件、訊息，擠過人群拿給米羅看。米羅拾起一張來讀：

親愛的聲管家，

上禮拜我們有場暴風雨，雷聲至今尚未抵達。我們究竟該等多久？

誠摯的朋友　敬筆

接著他拿起一張電報，上面寫著：

樂團演唱會大獲成功，何時才會收到音樂？

「現在你懂了吧。」寫的人繼續：「所以你得幫我們進攻石堡，解放聲音。」

「我能做什麼？」米羅寫道。

「你得去拜訪聲管家，從石堡帶一枚聲音出來，多小都不要緊，我們要爲大砲裝彈。因爲，要是我們能以最小噪音炸開牆邊，他們將自動瓦解、釋放其他音囚。這不是項簡單任務，因爲她不好溝通，但你得試試。」

米羅只考慮了一會兒，寫了「我去」，便自願加入。

幾分鐘後，他已勇敢地站在石堡門邊。「叩、叩，」他在一張紙上整齊寫著，從底下門縫塞進去。一會兒，眼前的豪門一敞，在他們身後帶上時，一個柔細的聲音大喊著：

「這邊，我在客廳。」

「我現在可以說話了嗎？」再次聽見自己的聲音，米羅愉快地大喊。

「沒錯，不過只有在這裡面才行。」她輕輕地回答。「快進來客廳。」

米羅緩緩穿過長長的通道，走進一個小房間，聲管家坐在那兒專注聽著一台蓋住整面牆的超大收音機，上頭有著開關、刻度盤、旋鈕、儀表、喇叭。此時正播著空白。

「是不是很動聽哪？」她嘆口氣說：「這可是我最喜歡的節目——整整十五分鐘的靜音——

之後是半小時的安靜，暫歇間奏曲。唉，你知道寂靜的種類幾乎和聲音一樣琳瑯滿目嗎？可惜的是，現在沒有人留意嘍。」

「你有聽過黎明前的美妙寂音嗎？」她問：「或是暴風雨剛止息後的平和沉靜？或者你知道被一個無解問題消音的沉默？夜晚鄉間道路的靜謐？或是有人準備開口發言時，全場的人屏息以待的停頓？最美妙的還有，門一關上時，發現全屋子裡只有自己？每種安靜都很不同，只要你用心聽，每一種都很美麗。」

她說話時，頭上到腳趾的千顆小鈴鐺輕輕作響，電話鈴聲也像回應似的響著。

「以一個喜歡安靜的人來說，她實在有點多話。」米羅心想。

「曾經，任何時候、任何地方發出的聲音，我都能聽得見。」聲管家指著收音機牆說：

「不好意思，」電話持續作響，米羅打斷她：「妳難道不接嗎？」

「噢，不，節目播放中不接。」她回答，把靜音稍稍調大一些。

「說不定是重要的事。」米羅堅持。

「不會的，」她向他保證：「不過是我打給自己而已。這裡實在太寂寞了，沒有發送或蒐集聲音，所以我一整天打七、八通電話給自己，看看自己過得如何。」

「可是現在，我只能——」

「妳還好嗎？」他禮貌地問。

「恐怕不是很好。我有點進入靜滯狀態。」她抱怨。「不過，是什麼風把你吹來啊？喔──你是來參觀地窖的。唔，通常只有星期一，兩點到四點才對外開放，但既然你遠道而來，開個先例應該無所謂。請跟我來。」

她躍起身，又是一陣鈴鐺合鳴，邁步往通道走去。

「你不喜歡這些叮叮噹噹聲的嗎？我就很喜歡。」她說。「而且，這些玩意兒好方便。我在大石堡裡老是迷路，只要聽聽它們就會知道自己在哪兒了。」

他們走進一個籠子般的小電梯，整整下降了四分之三分鐘，最後在一座大地窖停下，從這邊起點到那邊終點，從地板堆至天花板，四面八方盡是長排的檔案抽屜和儲藏箱。

「歷史上曾製造過的每種聲音都保存在這兒。」聲管家說，一邊拉著米羅的手跑過其中一條走廊：「舉例來說，看這邊。」她打開其中一面抽屜，拿出一小張棕色小信封。「這是西元一七七七年冷颼颼的寒夜，美國總統喬治·華盛頓穿過德拉瓦河時，口中精確無誤的旋律。」

米羅探進信封裡一看，裡頭確實如她所說。「可是妳爲什麼要把它們全蒐集起來啊？」她關上抽屜時，他問。

「要是我們不蒐集，」他們繼續漫步走過地窖，聲管家說：「空氣裡就會裝滿舊聲音，任憑噪音蹦蹦跳跳、東碰西撞。這樣會非常混亂，因爲你永遠也不知道該聽舊音還是新音。

而且，我眞心喜歡蒐集東西，幾乎沒有比聲音更多的玩意兒。唉，我這兒無論是一百萬年前的蚊子嗡嗡叫，還是你媽今天早上對你說的話，應有盡有、一應俱全。要是你後天再回來，我會告訴你她明天說過什麼。眞的易如反掌，我表演給你看。說個字——什麼字都好。」

「哈囉。」米羅說，因爲他只想得到這個。

「你覺得它去了哪兒？」她微笑問道。

「我不知道，」米羅聳聳肩說：「我一直以爲——」

「大部分的人都是這樣。」她低聲說，朝其中一條走廊一瞥。「唔，讓我看看：首先，我們先找裝有今天聲音的櫃子。啊，在這兒。然後我們到『歡』底下找歡迎，到『米』底下找米羅，這會兒已經在它的信封裡頭囉。所以你瞧，整套系統相當自動化。不過現在我們不怎麼用了，眞是可惜啊。」

「眞棒，」米羅倒抽口氣說：「我可以要一小片聲音作紀念嗎？」

「那當然。」她驕傲地說，但不知想起什麼，立刻改口說：「不。別想拿，法律嚴格禁止。」

米羅非常氣餒。他不知道該怎麼偷聲音，就連最小的也是，因爲聲管家總是至少有一隻眼緊緊盯牢他。

「現在換參觀工作坊了。」她大喊，匆匆推他穿過另一道門，走進一間廢棄的大工廠。

裡頭擺滿老舊的設備零件，全都年久失修、毀損生鏽。

「我們以前就是在這裡發明聲音。」她懷念地說。

「聲音還需要發明啊？」米羅問，她說的每件事都使他驚訝不已。「我還以爲它們是渾然天成。」

「沒人了解爲了把它們製造出來，我們費盡多少苦心。」她抱怨道。「唉，這間店鋪一度是從早到晚門庭若市哪。」

「可是聲音要怎麼發明呢？」米羅問。

「噢，非常簡單。」她說：「首先，你得先確定聲音的模樣，每種聲音都有確切的形狀和尺寸。接著，你到這兒來製造一些，每個聲音都磨上三遍，磨成隱形粉末。每次需要時，就每種灑一點到空氣中。」

「我從沒看過聲音耶。」米羅依舊堅持。

「你從沒在外頭看過，」她說，邊把手臂四處揮動，「除非偶爾早上非常冷時，它們才會結凍。可是在這裡，我們一整天都能看見它們。來，我帶你去看。」

她拾起一根包了襯墊的棒子，敲了附近的低音鼓六下。結果，六顆毛茸茸的大棉球靜靜滾到地上，每顆約有六十公分寬。

「看吧。」她說，一邊把其中幾顆擺進磨粉器裡。「聽好。」接著她捏一撮隱形粉灑到空中，便發出「砰、砰、砰、砰」的聲音。

「你知道鼓掌聲長什麼樣嗎？」

米羅搖搖頭。

「試試看。」她提議。

他拍了一次手，結果一張白紙飛到地上。他又拍了三次，又有三張紙重複一樣動作。接著，他用全速連續鼓掌，空中瞬間飄滿紙張。

「是不是很簡單？所有聲音都是這樣。只要你動腦想，馬上就能知道每種聲音長什麼樣。拿笑聲來說吧，」她爽朗地笑了笑，立刻有上千顆彩色泡泡飛到空中，喧鬧似地爆破。「或是演講，」她繼續說：「有些輕飄飄，有些則尖銳刺耳。不過大部分，恐怕只是沉重又無趣。」

「那音樂呢？」米羅興奮地問。

「就在這兒——我們用我們的織布機織。交響樂是美麗的大地毯，裡面織滿節奏和旋律。協奏曲是織錦掛毯，其他布匹則是夜曲、華爾滋、前奏曲、狂想曲。我們也有一些你們常唱的歌。」她大喊，捧起一掌色彩豔麗的手帕。

她停了一會兒，傷心地說：「我們那邊甚至還有一區，專把海洋之音放進貝殼裡。這裡曾是個快樂園地。」

跳。

「那你們現在怎麼不幫大家做聲音了？」米羅大吼，急切的語氣讓聲管家驚得往後一跳。

「別這麼大聲嚷嚷，年輕人！如果我們這兒需要什麼的話，那就是少點噪音。跟我來，我這就告訴你——馬上！」之所以有這最後一句，是因為米羅作勢要把其中一顆大鼓聲塞進他的後口袋裡。

他們很快回到客廳，當聲管家在椅子安坐下來、把收音機小心翼翼轉到靜音的節目，米羅用壓低一些的聲音再次問起同一個的問題。

「我也不樂見。」她開始輕輕說：「因為要是我們仔細聽，聲音有時能傳達遠比文字更優質的訊息。」

「可是，如果是這樣的話，」米羅問——其實內心一點也不懷疑——「你不是應該釋放它們才對？」

「絕對不行！」她大喊：「他們只會用來製造噪音，看上去醜，聽起來更糟。我把那一切都丟給走音博士，還有那糟糕透頂的藍彈。」

「可是有些噪音也能算好聲音，不是嗎？」他堅稱。

「或許吧，」她固執地答道：「可是如果他們不製造我喜歡的聲音，想都別想。」

「可是——」他正想開口，卻沒有再說下去。因爲，當他想說他覺得這樣不公平時（頑強的聲管家想必不會欣然接受這種想法），他忽然發現一個可以把他的小聲音攜出城堡的辦法。就在話脫口而出、航向空中的間隙，他把嘴唇緊閉——於是，這句「可是」困在嘴裡，製造完全，尚未出口。

「唔，我不該把你一整天都絆在這裡。」她不耐地說：「把你的口袋外翻，讓我檢查你沒偷東西，然後你就可以走了。」

將聲管家應付妥當以後，他點頭道別，沒說「謝謝」或「午安」，便跑出門外了。

13 不幸的結論島

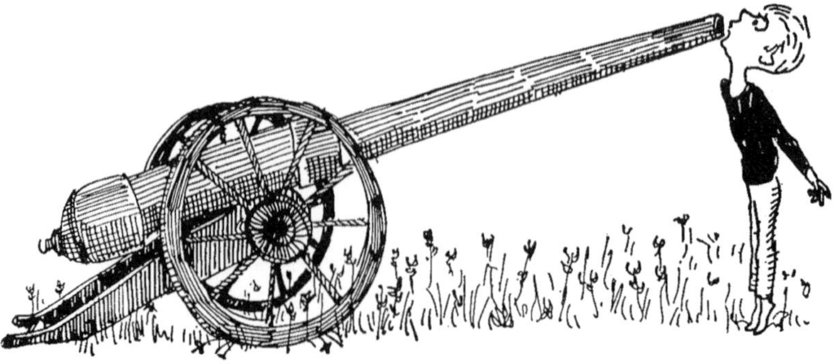

米羅把嘴巴緊閉，雙腳動得飛快，彷彿被思緒驅動，一路跑回車上。抵達時車內響起一陣騷動，答答愉快地跑下來迎接。虛應蟲親自收下群眾從四面湧上的祝賀。

「聲音在哪兒？」有人匆忙在黑板寫下，所有人都緊張地等候回答。

米羅屏住呼吸，拿起粉筆，簡短寫著：「在我舌尖。」

好幾個人興奮地把帽子拋向空中，另一些人吼出「看起來」響亮的歡呼，其他人則把沉重的大砲力推就位。他們把砲口對準石牆最厚的部位，接著填入火藥。

米羅踮起站著，倚身往砲口湊進，把嘴巴一張。小不點聲音悄悄滑近砲底，一切就緒。不一會兒，熔絲點燃，劈啪作響。

「希望不會傷到誰。」米羅心想。他都還沒有時間多想，一大片灰白混雜的煙就從槍口躍出。隨之而來的，還有輕到幾乎聽不見的——

「可是」

它以慵懶的弧形往牆面奔馳數秒，接著極度輕盈地撞上大門右邊。好一會兒，周遭籠罩著不祥的死寂，前所未有的沉默、安靜，彷彿就連空氣也屏息恭聽。

忽然間，周圍響起一陣咆哮轟鳴、雷聲灌頂，緊接是碎裂、爆破的響音，石堡裡的每顆石子紛紛跌落地面，地窖猛地打開，將歷史的聲音洩入風裡。

打從無音之時至繁音似錦的年代，曾說出口或製造出的每個聲音，統統自殘垣飛奔而出，彷彿全世界的人都在同時肆笑、吹哨、漫吼、狂嚷、高唱、低語、哼嗚、尖叫、咳嗽、噴嚏。零碎的舊演講詞隨風飄搖，還有背誦的課文、舊戰的火藥、嬰兒的哭聲、汽車喇叭、瀑布、電風扇、奔騰的馬匹和一大堆其他東西。

好一會兒，眼前是全然壓倒式的大混亂，接著，所有舊聲音都在山的另一頭消逝，和來時一樣迅急。它們在追尋新的自由，之後，一切又恢復正常。

人們一片七嘴八舌，等煙塵散去，只有米羅、答答、虛應蟲發現聲管家淒涼地坐在瓦礫堆中。

「真是抱歉。」米羅同情地說，他們三個走過去安慰她。

「但是我們不得不這麼做。」答答

補充，一邊嗅嗅四周的殘跡。

「眞是亂得可以。」虛應蟲觀察道，他生來就有說錯話的天賦。

聲管家環顧四周，臉上盡是無法釋懷的傷心。

「那些聲音要再蒐集回來，可得花上好幾年。」她哭著說：「如果要放回正確位置，還要更久的時間。但是一切都是我的錯。因爲光有安靜，並無法改善聲音。重要的是把每一種聲音，用在恰當的時間點。」

她說話時，藍彈沉重的腳步聲，從山的另一頭緩緩傳來，是再熟悉不過的吱—吱—嘎—嘎。等他終於出現時，他背後拖著一只龐大無比的袋子。

「有誰會用這些聲音？」他喘吁吁地說，一邊擦擦他的額頭。「它們全都一古腦兒的從山的另一側過來，沒有一個符合我的恐怖胃口。」

聲管家探進袋子一看，裡頭全是從地窖奔馳而出的聲音。

「你們眞好，還把聲音還回來！」她愉快地大喊：「等我石堡修成以後，你們和博士一定得找個傍晚過來，聽聽美妙的音樂。」

一想到去那兒聽美妙的音樂，藍彈嚇得魂飛魄散，趕緊匆匆告辭，逃之夭夭。

「希望我沒冒犯到他。」她頗爲關切地說。

「他只喜歡難聽的聲音。」答答說。

「噢，沒錯。」她嘆口氣說：「我總是忘記很多人有這種癖好。不過我想，它們確實有存在的必要。因爲，除非聽過美妙，否則永遠也不知道美妙生作何樣。」她停頓了一會兒，接著繼續說：「要是理韻在這兒的話，我確信情況一定會有所改善。」

「所以我們才要去救她們出來啊。」米羅驕傲地說。

「這趟旅程想必漫長又艱辛！你一定會需要一點營養補給。」她大喊，遞給米羅一個棕色小包裹，整整齊齊地包好，用條繩子繫住。「記住，這不是拿來吃的，而是用來聽的，因爲你們到時對聲音也會感到飢餓。這裡有夜晚街頭的聲音、火車的哨音、引燃的乾葉、熙攘的百貨公司、酥脆的吐司、嘎吱嘎吱的彈簧床，當然，還有各式各樣的笑聲。每種我都準備一點，在遙遠孤寂的地方，相信你們會很慶幸擁有這些東西。」

「一定會的。」米羅感激地回答。

「就走這條路，到了海邊左轉。」她告訴他們：「你們很快就會到達數字城。」她話都還沒說完，他們就已揮手道別，把山谷拋在腦後。

海岸線寧靜又平坦，平靜的海浪嬉鬧似的湧上沙灘。遠方有座美麗的島，上面種滿棕櫚樹和花，在閃閃發光的水面上搖曳召喚。

「這會兒總該不會再出錯了吧。」虛應蟲興高采烈地大喊，他才一說完，立刻像被針戳似的從車子跳出來，一路往小島飛去。

「我們會有很多時間。」答答回答，壓根沒注意虛應蟲不見蹤影，而且他也突然躍入空中消失。

「今天的運氣恐怕也不會好到哪兒去。」米羅同意說道。他忙著看路，竟然沒注意到其他人都不見了。一轉眼，他也跟著走了。

他在答答和嚇壞了的虛應蟲身邊著陸，降落在小小的島上，這會兒看起來完全變了樣。沒有棕櫚樹也沒有花，只有岩石和枯死已久的扭曲樹墩。顯然和他們從路上看到的地方大異其趣。

「不好意思，」米羅問著路過的第一個男人：「可以告訴我這是哪兒嗎？」

「不好意思，」男人回答：「可以告訴我我是誰嗎？」

男人穿著亂蓬蓬的粗花呢外套、短襯褲、羊毛長襪，和一頂前後都有尖頂的帽子，一臉相當困惑的模樣。

「你一定知道你是誰呀。」米羅不耐地說。

「你一定知道你在哪兒。」他用一樣不耐的語氣回答。

「噢，天啊，這想必會很棘手。」米羅小聲對答答說：「眞不知道我們幫不幫得了他。」

他們磋商了幾分鐘，最後虛應蟲抬起頭說：「你能描述一下自己嗎？」

「嗯，沒問題。」男人愉快答道。「我高得頂天，」說完他筆直往上，高到只看得見他的鞋襪；「也矮得立地，」接著又縮成小石子大小；「我慷慨至極，」他遞給每個人一顆大蘋果；「也自私透頂，」接著吼著把東西搶回去。

「我強壯如松，」他把一顆大石子高舉過頭；「也怯懦如鼠，」他倒抽一口氣、頂著帽子、步履

搖晃；「我聰明過人，」他用十二種語言說了這句話；「也蠢得離奇，」他把兩腳都放進同一隻鞋子裡。

「我優雅非凡，」他踮起腳尖；「也俗不可耐，」他把大拇指黏在一隻眼上；「我迅捷輕快，」他一眨眼便繞小島跑完兩圈；「也慢吞拖拉，」他邊說邊向一隻蝸牛揮別。「聽完對你們有幫助嗎？」

他們又七嘴八舌一番，直到三個人都點頭同意。

「確實很清楚。」虛應蟲說，把他的手杖轉呀轉。

「如果你說的全部屬實。」答答補充。

「那麼，無庸置疑，」米羅爽朗地結論，「你一定就是彈性人了。」

「那當然，沒錯，那當然，」男人大喊：「我怎麼沒早點想到？我可以很快樂，」然後他很快坐下，頭埋進手裡，嘆了口氣說：「但也可以很悲傷。」

「現在你能告訴我，我們在哪兒了嗎？」答答環顧荒涼小島說。

「無庸置疑，」彈性人說：「你們在結論島上。讓自己舒服點。你們應該會在這兒待上一段時間。」

「可是我們是怎麼到這兒的？」米羅問，他還是一頭霧水。

「因為你們做了飛越跳。」彈性人解釋：「大部分的人都是這麼來的。那實在是輕而易舉：只要你理由不充足，草率做出決定，無論喜歡與否，必定直墜結論島。這趟旅程得來全不費功夫，本人已經光顧數百次啦。」

「可是這地方看起來很不討喜。」米羅說。

「是啊，這倒是眞的。」彈性人同意道：「從遠處看過來，確實美觀許多。」

就在他說話時，至少又有八九百人紛紛從各個方向飛來。

「唔，那我再跳回去不就得了。」虛應蟲如此宣布，他彎身試了兩三次，使出全身力氣猛地一跳，最後降落在不遠的土堆上。

「沒有用的。」彈性人責備道，一面扶他起來：「你是跳不出結論的。下結論很快，但要回頭可沒那麼容易。所以我們這兒才這麼擠。」

這確實是實話，因爲整條淒清的海岸線，放眼盡是一大群人相互推擠站在岩石上，清一色睜著悲傷的眼睛朝海洋望。

「難道連艘船都沒有嗎？」米羅問，急著想繼續他的旅程。

「噢，不。」彈性人搖搖頭說：「回去唯一的辦法是游泳，但是路程遙遠又艱辛。」

「我不喜歡把身體弄濕。」不快樂的虛應蟲哀號著，光想就不寒而慄。

「他們也不喜歡，」彈性人說：「所以才一直被拘留在這兒。不過我並不太擔心，因爲你可以一整天在智識海猛游，出來還是一身乾爽。大部分的人都是這樣。但是這會兒我得告辭了。我得去歡迎新的成員。你也知道的，我可是友善極了。」

即使虛應蟲奮力抗議，米羅和答答還是決定放手一游。虛應蟲一邊高聲抗議，一邊被拖往海邊。

彈性人匆匆趕去回答更多問題，他們聽到他說的最後一句話是：「抱歉，你能告訴我，我是誰嗎？」

他們一直游、一直游，像是游了幾小時，答答堅決不斷的鼓勵，讓米羅在冰水中奮勇向前。最後他們抵達岸邊，徹底筋疲力盡、全身濕透，只有虛應蟲除外。

「其實還不錯嘛。」虛應蟲說，整一整他的領帶、拍了拍自己的身體。「改天我得再去造訪造訪。」

「你鐵定還會去。」米羅喘著氣說：「不過，從今天起，我做任何決定前，務必考慮再三。直接下結論只會浪費更多時間。」

車子就在他們之前停的地方，不過一會兒，他們又重新出發，路從海邊蜿蜒而出，開始漫長的攀山路程。暖陽和波浪般的微風，將他們一點一滴地吹乾。

「希望我們很快就會到達數字城。」米羅說，一邊想著他們還沒入口的早餐。「不知道還要多久才會到？」

14 十二面人請帶路

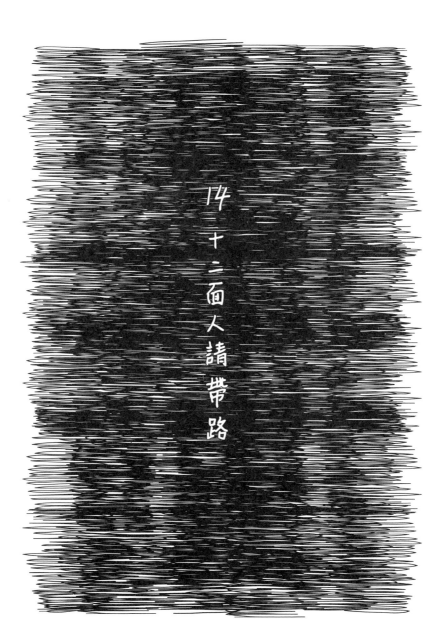

前方出現岔路，巨大的路牌清楚指示距離，彷彿回答了米羅剛剛的問題。

數字城

5哩
1600桿
8800碼
26400呎
316800吋
633600半吋
及其他

「我們選哩吧，」虛應蟲建議，「比較短。」

「咱們選半吋吧，」米羅建議，「比較快。」

「可是我們到底該走哪條路？」答答問：「一定有什麼不一樣吧。」

就在他們爭執不下之際，路牌後忽然走出一個怪異至極的小身影，精明敏捷地走向他們，一路喃喃有詞。「沒錯，確實，的確，那當然，唉，是的，確實有差別，這種事情無庸置疑。」

他是由線條、稜角連成的多邊形而組成（確實是用「組」的）。有點像將立方體的所有邊角重複切兩遍。每個邊都清晰地標上一個小字母，每個角則標上大字母。他頭上戴了頂俊俏的貝雷帽，帽子下的一張臉熱切地往外瞧，看起來正經八百。或許你看看底下的圖片以後，就會知道我的意思。

走到車邊時，這號人物脫帽致意，用響亮又清澈的聲音說：

「在下角度眾多。

本身立場亦不少。

我乃十二面人。

你是哪號人物？」

「什麼是十二面人啊？」米羅問，奇怪的名號讓他唸得很不順口。

「你自己看看吧，」他說，一邊緩緩轉身：「十二面人就是有十二張臉的立方體。」

他這麼說時，其他十一張臉也一一現身，每個平面都是一張臉，各自戴著不同表情。

「我通常一次用一張。」他說，除了那張笑臉以外，所有臉的表情頓時消失。「這樣省得拆、省得戴。你叫什麼來著？」

「米羅。」

「可眞是個怪名字。」他說，瞬間把笑臉換成另一張皺著眉的臉。「而且還只有一張臉。」

「這樣有什麼不好嗎？」米羅問，順便確定一下自己的臉還在。

「要是你什麼場合都用同一張臉，很快就會磨損殆盡的。」十二面人說：「像我就是笑的一張、哭的一張、皺眉的一張、思考的一張、噘嘴的一張，還有另外六張。只有一張臉的都叫米羅嗎？」

「噢，不。」米羅回答：「有些叫亨利或喬治或羅伯或約翰，還有很多其他名字。」

「怎麼搞得這麼複雜，頭都暈了！」十二面人大喊：「這裡的每樣東西是什麼就叫什麼。三角形叫做三角形，圓形就叫圓形，連一樣的數字也有著一樣的名字。唉，你能夠想像數字2叫做亨利或喬治或羅伯或約翰，或其他名字嗎？到時你就得說羅伯加約翰等於4，萬一4也叫做羅伯，那麼情況就更棘手了。」

「我倒沒這麼想過。」米羅承認。

「那我建議你趕快開始想。」十二面人頂著一張斥責的臉責備道：「因爲在數字城這兒，每件事都必須精準明確。」

「或許你能幫我們決定該走哪條路。」米羅說。

「沒問題，小事一件。」他愉快地回答。「如果一輛載有三人的小車，在早上十一點三十五分，沿一條五哩長的路，以時速三十哩開十分鐘，和三個已乘小汽車的人，以時速二十哩開十五分鐘，在第二條剛好是第一條的一半長的兩倍距離的路同時出發；還有，一隻狗、一個騙子、一位男孩在十月的同一時間用等速、等距沿第三條路走，究竟選哪條路最好？」

「十七！」虛應蟲大叫，在一張紙上急急寫下。

「唔，這我倒不確定，不過——」米羅瘋狂計算了好幾分鐘後，支支吾吾地說。

「你得表現得更好一點，」十二面人苛責道，「否則你永遠不知道自己走了多遠，也不知道究竟到了沒。」

「我對解題不大行。」米羅承認道。

「眞是可惜。」十二面人嘆口氣說：「它們可是非常有用。唉，你知道一隻兩呎高、尾巴一呎半的海狸能在兩天內造十二呎高、六呎寬的水壩嗎？你知道要建巨石水壩，只需要一隻六十八呎高、尾巴五十一呎長的海狸嗎？」

「到哪找這麼大隻的海狸啊？」虛應蟲的鉛筆尖啪啦一聲斷了，他嘟囔抱怨。

「我很確定我不知道。」他回答：「不過要是你知道，一定會知道該怎麼辦。」

「太荒謬了。」米羅抗議道，他的頭在所有數字和問題間打轉。

「或許荒謬，」他承認：「但是非常精準，而且只要答案是對的，誰在乎問題是錯的？如果你要的是理，那麼你得自己造一個。」

「三條路都一樣好！」答答插嘴道，他正耐心地解第一道問題。

「正確！」十二面人大喊：「我親自帶你到那裡。這下你知道問題有多重要了吧？如果你這道沒解好，可能就會走錯路嘍。」

「我看不出來我是哪裡算錯了。」虛應蟲慌張地猛檢查自己的數字。

「可是，如果所有路都在同一時間抵達同一地方，不就代表都是對的路嗎？」米羅問。

「當然不是！」他大吼，用他最氣憤的那一張臉瞪視。「它們全都是錯的！就算你有所選擇，也不代表這些選項是對的。」

他往標誌走去，很快地轉動三下。這麼做時，三條路同時消失，一條新的路忽地顯現，通往標誌所指的方向。

「每條路都離數字城五哩遠嗎？」米羅問。

「是的。」十二面人回答，跳上汽車後座。「我們只有這面標誌。」

新路崎嶇不平、滿是砂石，他們每撞上一顆，十二面人就彈了起來，然後再以其中一張臉坐下，這張臉可能是陰沉、微笑、大笑，或皺眉。

「我們很快就要到了。」短暫地彈跳一段路後，他愉快宣布：「歡迎來到數字城。」

「看起來不是很吸引人。」虛應蟲說。因為，隨著他們越攀越高，放眼連棵樹或葉片都沒有，只見岩石零星散布。

「這裡就是製造數字的地方？」汽車再次猛然前傾時，米羅問。這一次，十二面人從山坡四腳朝天、一臉扭曲地滑下來，最後是傷心的那張臉朝上，在看起來像洞穴入口的地方停住。

「數字不是用製造的。」他平靜地回答，彷彿剛剛什麼也沒發生：「你得親手挖出來。你對數字一無所知嗎？」

「我認為數字一點也不重要。」米羅大聲說，因為他不好意思承認事實。

「不．重．要?!」十二面人大吼，憤怒的一面滿臉通紅。「要是沒有二，哪來的雙人午茶？沒有三，哪來的三隻瞎鼠？萬一沒有四，哪來的四大方位？沒有七，如何縱遊七海？」

「我是說——」米羅正想解釋時，情緒激昂的十二面人還是繼續嚷嚷。

「如果你有高遠的理想，要怎麼知道有多高？當你死裡逃生時，生與死的距離有多長？要是你從來不知道世界有多寬，你是否還會環遊世界？如果你根本不明白最後一刻有多久——」他總結，手臂在頭頂猛揮：「又怎麼懂得千辛萬苦？啊，數字可是這世界最美、最有價值的東西。跟我來，我帶你看個過癮。」他站起身，往洞口偷偷走進去。

「快來，快來，」他從暗洞裡大吼：「我可不是一整天都閒著沒事做。」接著他們跟他入山。

他們的眼睛花了幾分鐘才適應周圍的微弱燈光，那段時間，周圍響起各種奇怪的抓搔、刮擦、拍打、扭撞聲。

「把這些戴上去吧。」十二面人指示，遞給每個人一頂鋼盔，頭頂還繫了個頭燈。

「我們要去哪兒？」米羅小聲問，因爲那種地方，感覺得低聲說話。

「我們到了。」他揮手回答：「這些是數字礦。」

米羅瞇眼望向眼前的一片漆黑，首次發現他們進入一個巨大的洞穴，只有天花板垂掛的大鐘乳石發出驚悚的弱光。牆上是蜂窩狀的通道、走廊，從地板一路迴旋上天花板，在洞穴兩側垂直廣布。無論他往哪個方向看，米羅都能看見不比他大的矮小男人忙著挖、砍、鏟、拉一輛輛滿載砂石的卡車，把東西從一個地方移到另一個地方。

「往這邊，」十二面人領路，「仔細看路。」

當他說話時，聲音發出回音，接著又一次次響著，和周遭活動的嗡嗡作鳴融爲一體。答答跟在米羅一旁疾步快走，虛應蟲故作姿態地跟在後頭。

「這些是誰的礦？」米羅問，繞著兩台滿載的貨車打量。

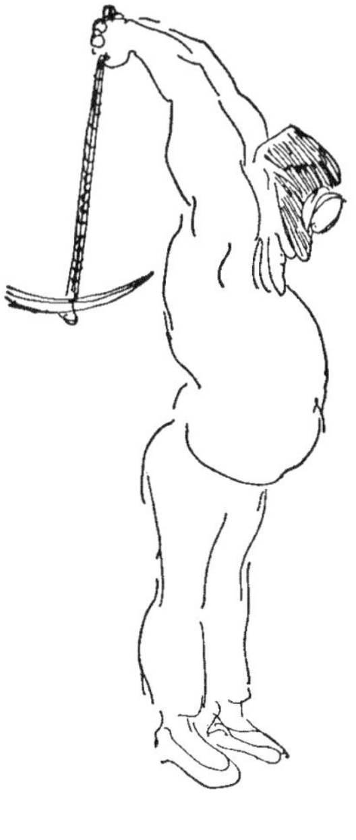

「以我頭上四百八十二萬七千六百五十九根頭髮之名起誓，當然是本大爺的！」洞穴另一頭傳來一聲怒吼。此時向他們闊步走來的，只有可能是數魔師。

他身上穿著一件滑順的長袍子，印滿複雜的數學方程式，頭上還戴了頂高尖帽，讓他看起來很有智慧的樣子。他左手拿了根長棍杖，一端是鉛筆尖，另一端是大橡皮擦。

「眞是片美麗的礦。」虛應蟲連忙賠不是，大嗓音一向能使他膽怯。

「這可是王國境內最廣大的數字礦。」數魔師驕傲地說。

「裡面有什麼寶石嗎？」米羅興奮地問。

「寶石！」他咆哮，聲音比上次更大。然後他把身體往米羅一傾，輕輕說：「以我頭上四百八十二萬七千六百五十九根頭髮之名，我說裡頭有。瞧這兒。」

他把手伸進其中一台卡車，拉出一個小東西，用他的長袍使勁搓揉。之後他把它舉到光前，那東西閃閃發光。

「不過是枚小硬幣。」米羅抗議道，因爲確實如此。

「正是。」數魔師同意。「就跟你在其他地方發現的珠寶一樣價值連城。來看看其他的吧。」

他鏟起一大把石頭，把它們倒進米羅的臂彎裡。裡頭有一到九的數字，甚至還有各式各樣的零。

「我們就在這裡把它們挖出來、擦個晶亮，」十二面人主動說，指著一群受雇的工人，在車輪旁賣力猛擦。「然後再把它們送到全世界。是不是很神奇？」

「眞的很特別。」答答說，他對數字情有獨鍾。

「所以數字就是從這裡來的。」米羅說，驚嘆地看著熠熠生光的數字。他小心翼翼地把它們還給十二面人，但這麼做時，其中一顆卻摔到地上，裂成兩半。虛應蟲眼睛一眨，米羅看起來十分著急。

「噢，別擔心。」數魔師說，一邊把碎片鏟起，「破掉的，我們就拿來做小數。」

「你沒有鑽石、綠寶石或紅寶石嗎？」虛應蟲惱怒地問，因爲截至目前爲止，他對看到的貨色挺失望的。

「啊，有的。」數魔師回答，領他們走到洞穴後：「往這邊。」

眼前幾乎疊到天花板的，是堆積如山的鑽石、綠寶石、紅寶石，不僅如此，還有藍寶石、紫水晶、黃寶石、月長石、石榴石。這眞是他們親眼見過最驚人的寶藏。

「這些東西眞是惱人啊。」數魔師嘆口氣說：「也沒有人知道該拿它們怎麼辦。所以我們就一直挖，不斷丟出去。現在——」他從口袋裡掏出一只銀哨子，用力一吹，「來用點午餐吧。」

這是生平第一次，虛應蟲震驚得一句話也說不出來。

15 無限之道

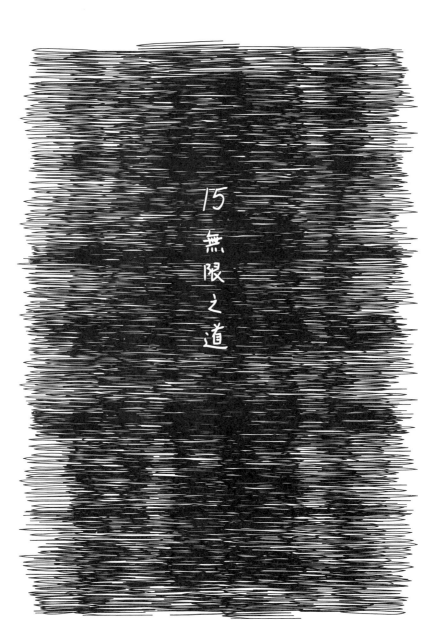

八位礦工抱著大鍋衝進洞穴，鍋子一邊冒泡、一邊嘶嘶作響，冒出蒸騰雲霧，緩緩盤旋升上。空氣中懸浮著又甜又刺鼻的氣味，在一個個焦急的鼻尖恣意流連，駐留時間短促，只夠讓幾張嘴流口水，大家的肚子陰沉怒吼。其他工人把手中工具放下，在大鍋邊聚著一起吃，米羅、答答、虛應蟲急切地張望。

「你們也想來點吃的？」數魔師說，端給每個人一碗尖尖的食物。

「嗯。」米羅客氣地說，他其實餓壞了。

「謝謝。」答答說。

虛應蟲沒有回答，因爲他早就忙著吃起來。一眨眼，三個人已把手中食物一掃而空。

「請再吃一點。」數魔師說，又幫他們的碗盛滿一次，於是他們的碗一次又一次地見底。

「別停。」他堅持，又幫他們盛了一次，

一次，

一次，

一次，

又一次。

「可眞怪啊，」米羅吃完第七碗後，心想：「每吃一口，我就變得更餓一些。」

「再多吃一些。」數魔師建議，他們掃空盤子的速度，跟他補上的動作一樣快。

米羅吃了九碗，答答吃了十一碗，頭也不抬的虛應蟲吃了二十三碗。數魔師又吹了聲哨子，鍋子馬上被抬走，礦工一一回到工作崗位。

「啊——」虛應蟲喘吁吁地叫著，發現自己比一開始時餓了二十三倍，「我覺得自己快餓死了。」

「我也是。」米羅抱怨道，他眞是前所未有地餓。「可是明明吃了好多。」

「嗯，很美味吧。」滿足的十二面人同意道，抹抹好幾張嘴上的油漬。「這可是王國特餐——減法燉菜。」

「我比一開始時的胃口更好了。」答答說，虛弱地倚著其中一顆大石頭。

「那當然。」數魔師回答。「不然你以爲呢？吃得越多，肚子越餓。這是人盡皆知的道理。」

「眞的嗎？」米羅半信半疑地問：「那要怎樣才吃得夠？」

「夠？」他不耐煩地說：「在數字城，我們只在飽的時候進食，一路吃到餓才停。這樣一來，你原本以爲自己一無所有，其實早就超乎足夠了。這是個節約的系統。你吃了這麼多，想必非常撐了吧。」

「完全合乎邏輯。」十二面人解釋道：「你要的越多，得到的越少；得到的越少，擁有的越多。不過是簡單的算術罷了。假設你有某個東西，再加點東西上去，會得到什麼？」

「比原本更多。」米羅很快地回答。

「相當正確。」他點點頭。「再想像你有某個東西，什麼也不加。最後會得到什麼？」

「和原本一樣。」他不大有信心地回答。

「很好，」十二面人大喊：「那麼假設你的東西，加上比原本還少的東西。你會有什麼？」

「飢餓！」痛苦的虛應蟲怒吼，他赫然驚覺，自己吃了二十三碗的東西，原來就是這個。

「也不全然那麼糟啦。」十二面人拿出憐憫的表情說：「幾小時後，你肚子就又會填飽了——剛好來得及吃晚餐。」

「噢，天啊。」米羅傷心、輕聲地說：「我只有餓的時候才吃得下。」

「多麼怪異的想法啊。」數魔師說，一邊將他的棍杖舉到頭頂，把橡皮擦那端在天花板來回磨了好幾次。「你接下來該不會說，你只在累的時候睡覺吧？」等他話一說完，洞穴、礦工、十二面人咻的消失，只留他們四個人站在數魔師的工廠。

「我常常發現，」他向頭暈目眩的訪客解釋：「從一個地方移動到另一處，最佳方法就是把一切抹除，重新開始。請自在一點啊。」

「你一直都是那樣移動嗎？」米羅好奇地瞥瞥陌生的環形室內，十六扇拱形小窗精準對應羅盤的十六個點。四周是數字零到三百六十，標出圓形的刻度，地上、牆上、桌上、椅子上、書桌上、櫥櫃上、天花板貼滿標籤，標示高度、寬度、深度，和彼此間的距離。一側是巨大的便條本，放在畫架上，勾子和細繩上掛著一整套天平、尺、測量器、秤砣、捲尺，還有各式各樣的測量工具。

「那倒不是。」數魔師回答。這一次，他舉高棍杖尖端，在空中畫條細細的直線，接著優雅地從室內一側跨到另一側。「大部分時候，我在兩點間取最短距離。當然，如果我得同時出現在七個地方，」他說，一邊小心翼翼地在便條本寫下：7×1＝7

「那我就自己乘上自己。」

忽然間，眼前出現了七位數魔師，肩並肩站著，每個看起來都一模一樣。

「你是怎麼辦到的？」米羅倒抽口氣說。

「沒什麼，」他們全都齊聲回答：「全靠這根魔杖。」接著，其中六位自我取消，直接消失。

「不過是根大鉛筆呀。」虛應蟲抗議道，用他的手杖敲了敲。

「話雖如此，」數魔師同意道：「但你一旦學會怎麼用，威力將無量無邊。」

「你能讓東西消失嗎？」米羅興奮問道。

「啊，那當然，」他說，闊步往畫架走去。「湊近點，仔細聽了。」

在展示他的袖管、帽子、背後都沒有東西以後，他迅速唸著：

4加9減2再乘以16然後加1再除以3然後乘以6繼續減67之後再加8全部乘以2再減3加上26減掉1除以34加上3再除以7然後加上2最後減掉5……等於多少呢？

接著他帶著期待地抬起頭。

「十七！」虛應蟲高喊，他總是搶先奉上錯的答案。

「全歸於零。」米羅更正。

「正是。」數魔師說，誇張地鞠了個躬，整條數字於是在他們眼前消失。「你們還想看什麼嗎？」

「有的，麻煩你，」米羅說：「可以拿最大的數字給我看嗎？」

「樂意之至，」他回答，一面把一扇衣櫃門打開。「我們保留在這兒。當初動用了四位礦工才把它挖出來。」

裡頭是米羅畢生看過最大的

3是數魔師的兩倍高。

「不，我的意思不是這樣。」米羅連忙說道。「你可以拿最長的數字給我看嗎？」

「那當然，」數學魔法師說，一面打開另一扇門。「在這裡。可是花了三輛推車才把它運到這兒。」

衣櫃裡是長得超乎想像的8。長度和3的高度一樣。

「不、不、不，那也不是我的意思，」米羅說，無助地望著答答。

「我覺得你想看的，」答答說，在四點半正下方搔癢，「是數字的最大值吧。」

「唔，那你剛剛怎麼不早點說？」數魔師說，他正忙著測量雨珠。「你能想到最大的數字是多少？」

「九萬九千九百九十九億九萬九千九百九十九。」米羅氣喘吁吁地說。

「非常好。」數魔師說：「來，現在加一。再加一，」米羅加前一筆時，也跟著複述：「現在再加一，再加一，再加一，再加一，再加一，再加一，再加——」

「我什麼時候才能停啊？」米羅請求道。

「永遠不停。」數魔師停下來說：「因爲你所要的數字，永遠比你手中擁有的至少多一。因爲非常龐大，要是你昨天才開始說，應該到明天也說不完。」

「你要上哪兒找那麼大的數字？」虛應蟲譏諷道。

「跟找最小的數字一樣的地方，」他好心回答，「你知道在哪兒。」

「那當然。」虛應蟲說，忽然想起室內另一側還有什麼事沒做。

「一百萬分之一。」米羅問，試著回想最小的分數。

「差不多，」數魔師說：「現在把它一分爲二。再把它一分爲二，再一分爲二，再一分爲二，再一分爲二，再一分爲二，再一分爲二，再一分——」

「噢，天啊。」米羅大喊，用手掩住耳：「這也停不了嗎？」

「怎麼可能?!」數魔師說：「要是不斷把你剩下的東西拿掉一半，直到它小到你一想說，卻還沒開口就消失無蹤，哪裡停得了？」

「那麼小的東西你要放去哪裡？」米羅問，非常努力想像這種東西。

數魔師停下手中的工作，簡短解釋：「唔，就放在一個小得看不見的盒子裡——放在小到你看不見的抽屜，小到你看不見的碗櫥，小到你看不見的房子，小到你看不見的街道，小到你看不見的城市，小到你看不見的國家，在你看不見的世界裡。」

然後他坐下來，用條手帕給自己搧搧風，繼續說：「接著，我們把東西擺在另一只小到你看不見的盒子裡——如果你跟我來，我就告訴你去哪兒找。」

他們走到其中一扇小窗前，和窗框綁在一起的，是一條線的一端，沿著地板一路延伸到遠處，直到完全消失不見。

「跟著那條線，」數魔師說，「抵達終點以後，左轉。你將在那兒發現無限之地，所有最高、最矮、最大、最小、最多、最少的一切都保留在那兒。」

「我眞的沒那麼多時間。」米羅焦慮地說：「沒有比較快的捷徑嗎？」

「唔，你可以試試這段樓梯。」他建議，打開門朝上指：「一樣通往那個地方。」

米羅蹦蹦跳跳地跑過房裡，一次兩格跑上階梯。「請等等我，」他對答答和虛應蟲大吼：「我去幾分鐘就回來。」

16 奇醜無比的鳥

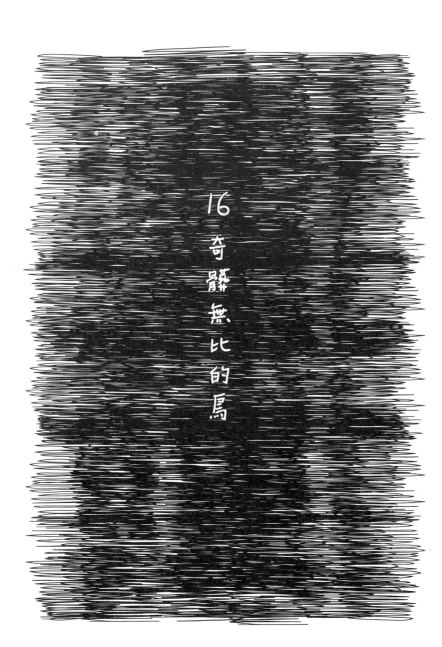

米羅走上階梯，一開始很快，接著慢了下來，過了一會兒，又更慢了些。最後，爬了幾分鐘的無止盡階梯後，疲憊的雙腳幾乎跟不上。米羅忽然發現，縱使他已盡了全力，和頂端的距離還是沒有比較近，也沒有離開端多遠。但他還是掙扎了一會兒，直到最後，終於筋疲力盡倒在地上。

「我早該猜到的。」他咕噥道，一邊歇歇他疲憊的腿，讓肺部吸滿新鮮空氣。「這就像那條綿延不絕的線，我永遠也到不了。」

「反正你也不會太喜歡，」有人輕聲回答：「無限是個恐怖至極的地方。那裡彷彿是個無底洞。」

米羅抬起頭，沉重地倚在自己手裡。他已習慣奇怪的人在奇怪的地方和奇怪的時間跟他說話。而這一次，他可一點都沒失望。階梯上，站在他旁邊的，是剛好一半的一個小孩，從頭到腳整整齊齊地切割出來。

「不好意思這樣一直盯著你。」

瞪了一會兒後，米羅說：「我以前從沒看過半個小孩。」

「精確來說，是〇．五八。」小孩用左半邊的嘴回答（他的嘴剛好也只剩這邊）。

「你說什麼？」米羅說。

「〇．五八個小孩。」他重複說：「比一半再多一點。」

「你一直都是這樣嗎？」米羅有點不耐煩，因為他覺得實在沒必要分這麼精細。

「我的老天，當然不是。」小孩向他保證：「幾年前我才不過〇．四二，相信我，實在太不方便了。」

「你家裡其他人都長什麼樣？」米羅說，這一次多了些同情。

「噢，我們只是平均家庭而已。」他若有所思地說：「媽媽、爸爸、二．五八個小孩——如我剛剛解釋的，我是那個〇．五八。」

「只當一部分的人，感覺一定很怪。」米羅說。

「一點也不。」小孩說：「每個平均家庭都有二．五八個小孩，所以永遠有人陪我玩。此外，每個家庭也平均都有一．三輛汽車。既然我是唯一會開〇．三輛汽車的人，一向都由我開。」

「可是平均並不真實。」米羅抗議道：「它們是想像值。」

「或許吧，」他同意道：「但是有時候，平均數也很實用。舉例來說，如果你一點錢也沒有，卻剛好和四個有十塊錢的人在一塊兒，那麼每個人平均就有八塊錢，對吧？」

「我想是吧。」米羅淡淡地說。

「光是這個平均值，就讓你因此變得富有。」他說服力十足地說：「想想要是一整年都不下雨，農夫會有多可憐！幸虧這一帶每年有九百四十公厘的平均降雨量，否則農作物會枯死。」

聽在米羅耳裡，實在是一頭霧水，因爲以前在學校時，這種問題一向讓他束手無策。

「優點還不只如此，」小孩繼續說：「舉例來說，要是一隻老鼠被九隻貓圍攻，那麼用整體是一百來看，每隻貓必須均分只占百分之十的老鼠，但是老鼠卻得到占了百分之九十的貓。若你剛好是那隻老鼠，就可以看得出這麼想會開心多了。」

「可是永遠也不可能那樣啊。」米羅跳起來說。

「話別說得這麼急。」小孩耐心地說：「因爲不管數學，或其他你有興趣學的東西，最棒的地方就在於，許多永遠不可能的事，常常都是可能的。瞧，像你現在不就努力想抵達無限之地嗎？你知道有這個東西，卻不曉得究竟在哪裡；但是，就算你永遠也到不了，並不代表它不值得尋找。」

「我以前從沒這麼想過。」米羅說，開始走下階梯。「我想，現在就回去吧。」

「明智的決定。」小孩同意道：「不過，以後有機會時再試試吧，或許你會更靠近。」

米羅揮手道別時，還給了個溫暖的微笑——他一天平均會笑四十七次。

「這裡的人比我有知識多了。」米羅心想，一邊從一階跳到一階。「要是我想拯救公主，得努力追上才行。」

不過一會兒，他又來到一樓，二話不說衝進房間裡，答答和虛應蟲熱切地看著數魔師表演。

「噢，回來啦。」數魔師大喊，和善地向米羅揮手致意。「希望你有找你想要的。」

「恐怕沒有。」米羅承認道。接著，他又用十分氣餒的語氣說：「數字城的一切，對我來說都太難了。」

數魔師會意地點點頭，摸了下巴幾下。「你會發現，」他溫和地說：「唯一能輕而易舉做到的事，就是犯錯。簡直不費吹灰之力。」

米羅認眞地想要理解他所聽到與看到的一切。但是當他說話時，一件奇怪的事卻讓他苦惱起來。他說：「爲什麼很多時候，我以爲對的事，看起來卻不怎麼對勁？」

數魔師的臉上劃過深深的憂鬱，眼睛沾滿悲傷的淚水。四周一片靜悄悄的，過了好幾分鐘，他才開口回答。

「說得眞好啊。」他哽咽著說，用手杖支撐著身體。「自從理韻消失之後，就一直是這樣了。」

「確實如此，」虛應蟲正準備要，「我個人認爲——」

「而且一切全是因爲那個無賴老頑固阿札茲！」數魔師怒吼，氣勢徹底壓倒虛應蟲。剛剛的悲傷化作憤怒，數魔師踱步走出房間，火爆氣勢節節攀升。「都是他的錯！」

「也許，如果你和他討論討論——」米羅正想說，卻來不及說完。

「他太不可理喻了。」數魔師再度插嘴：「上個月我才寄了封非常友善的信給他，他卻連回封信的禮貌都做不到。你自己瞧瞧吧。」

他遞給米羅一張信，上面寫著：

4738　　1919,

667　394017　5841　62589

85371　14　39588　7190434　203

27689　57131　481206.

5864　　98053,

62179875073

「可能他看不懂吧。」米羅說，他自己也覺得這封信不怎麼好讀。

「胡說！」數魔師咆哮道：「所有人都讀得懂數字。無論你講哪種語言，意思總是互通。不管走到世界哪個地方，七永遠是七。」

「我的老天，」米羅心想：「每個人對自己最熟的東西都特別敏感哪。」

「如果您同意的話，」答答話鋒一轉，「我們想去把韻兒、理兒救出來。」

「阿札茲同意了嗎？」數魔師問。

「是的，大人。」狗兒向他保證。

「那我反對，」他又暴怒起來：「因爲打從理韻被驅逐以後，我們就沒有再對任何事達成共識——永遠也不可能。」最後一句話他特別加重強調，臉上是陰沉的表情。

「永遠也不會嗎？」米羅問，聲音裡有一絲懷疑。

「絕對不會！」他說：「除非你能提出反證，否則不可能得到本大人的同意。」

「唔，」米羅說。從文字城離開以後，他就對這個問題思量再三：「這麼說，阿札茲不論同意什麼，你都反對嘍？」

「正確。」數魔師臉上浮現寬容的微笑。

「至於阿札茲反對的，你必然同意到底。」

「所言甚是。」數魔師打起呵欠說，一邊用手杖尖端清清指甲。

「所以你們倆都同意，只要是對方同意的，自己一概不同意。」米羅洋洋得意地說：「這麼說，不就等於達成共識了嗎？」

「我中計了！」數魔師無助地大喊，因爲無論他用什麼角度看，確實都是如此。

「做得好！」虛應蟲愉快說道：「要是我親自出馬，也是用這招。」

「所以現在我們可以走了嗎？」答答問。

數魔師頗有風度地接受失敗，微微地點點頭，然後帶三位旅人來到他身邊。

「這將是一趟漫長、危險的旅程。」他輕聲叮嚀，額頭冒出一道關切的皺紋：「在你找到他們以前，惡魔會先察覺你們的動靜。要當心留意他們。」他強調：「因爲等他們出現時，可能就已經太晚了。」

虛應蟲整條腿都顫抖起來，米羅覺得自己的指尖頓時發冷。

「不過，還有另一個更加嚴重的問題。」他壓低聲音說。

「是什麼？」米羅問，但他實在不想知道。

「等你們回來以後，我才能說。來，」數魔師說，「讓我爲你們領路。」接著，他牽起三個人，瞬間將他們帶到數字城邊陲。智慧國在他們身後鋪展綿延，前方則是條印滿車輪痕跡的狹窄小徑，通往漆黑一片的山巒。

「我們怎樣也不可能把車開上去。」米羅不悅地說。

「話雖如此，」數魔師回答：「但不必開完全程，你很快就能進入無知峰。如果希望獲得成功，一定得一步一步來。」

「可是我想帶著我的禮物一起去。」米羅堅持。

「那就帶吧，」十二面人冒出來說，手裡捧著滿滿的東西。「這裡有你的風景、你的聲音，還有──」他語帶輕視地把最後一樣東西交給米羅：「你說過的話。」

「最重要的是，」數魔師補充：「這裡有你專屬的魔杖。只要好好使用，沒什麼任務是它達不到。」

他在米羅的胸前口袋裡，放進一枝晶光閃閃的鉛筆，除了大小以外，就跟他的魔杖大致雷同。接著，在最後一聲鼓勵以後，數魔師和十二面人（有四張悲傷的臉同時哭泣、皺眉、悲傷、嘆氣）揮手道別，看著三個小人影消失在無知峰關口。

艱險難行的小徑漫無來由地攀升，光線幾乎在同一時間暗下。虛應蟲全身發抖，滿心不情願。一如往常，答答爲大夥兒打先鋒，在前頭東嗅西嗅，偵測可能的危機。至於米羅，他把整袋的珍貴財產安掛一肩，安靜而堅定地殿後。

「或許該有人留在外頭駐守。」不情願的虛應蟲主動建議，卻沒有半個人回應，他只好繼續一臉鬱悶地跟著。

爬得越高，眼前的路就越漆黑。不是黑夜的黑，比較像是暗影和惡靈混合的黑，從滑溜

溜、覆滿苔蘚的峭壁飄出，瞬間將光滅除。一道冷酷強勁的風從岩石縫隙尖叫，空氣濃密厚重，彷彿之前被用過好幾次了。

他們繼續沿著令人頭暈目眩的山道上行，越來越陡峭高聳。一邊是銳利的石牆、山峰，另一邊則是綿延不絕、深不見底的虛無之淵。

「我什麼也看不到。」米羅說，一面緊緊抓著答答的尾巴。四周黏稠的迷霧包圍了月亮，像是要吞了進去。「或許我們該等到早上再繼續前進。」

「很快就會有人來替你們哀悼了。」正上方傳來這麼一聲回覆，緊接著是恐怖的嘎嘎笑聲，聽起來就像有人被魚骨頭噎到。

原來是一隻蓬頭垢面、髒過頭的大鳥，和其中一顆油膩的岩石緊緊相連，幾乎要融

爲一體，看上去簡直像塊髒抹布。牠有著尖銳的鳥喙，睜開的那隻眼，惡狠狠地朝下瞪著。

「你搞錯人了吧。」看門狗警告似地發出吠叫，米羅怯懦地說：「我們只想找個地方過夜。」

「這個地方不適合你們過夜。」大鳥又尖叫，接著是一陣恐怖的笑聲。

「實在沒道理，看看——」米羅正想準備解釋。

「管你拿美金還是英鎊，總之沒你們的位子。」大鳥高傲地回答。

「可是我的意思不是說——」他開口想解釋。

「你當然是瞎說。」大鳥立即打斷，並把剛剛睜開的那隻眼閉上，閉上的那隻眼睜開。

「想過一個不屬於他的夜當然是瞎說。」

「唔，我還以爲我們——」他迫切地想再解釋。

「這就是另一回事了，」那隻鳥忽然和善地改口：「如果你是想買的話，我確定我一定能張羅一下。不過，照你們的一舉一動看來，八成會流落監牢吧。」

「聽起來不對勁啊。」米羅無助地說，因爲這隻鳥的話全都講得顚三倒四，實在聽不懂他究竟在說什麼。

「同意。」大鳥說，鳥喙尖銳地喀啦作響：「不過要是有什麼東西叫做對勁，我早就走啦。」

「讓我再重新解釋，」米羅費盡心思想要解釋：「換言之——」

「你的語言還能換啊？」大鳥愉快地大喊：「唔，無論如何，還是直接用吧。以你現有的存貨來看，實在不怎麼樣啊。」

「你一定要一直插嘴嗎？」答答不悅地說，就連他也聽得很不耐煩。

「那當然，」鳥嘎嘎叫著：「這可是在下的工作。負責把你嘴裡的話掏出來。咱們之前沒見過面嗎？我是無所不在的奪話鳥，我確定我認識你們的朋友虛應蟲先生。」然後他把身體大幅度的向前傾，露出一枚巨大的會心笑容。

魁梧的虛應蟲無處可躲、膽小地不敢移動，只能矢口否認。

「住在無知峰的人都和你一樣嗎？」米羅問。

「比我還糟呢，」他露出渴望的眼神說：「但是我不住在這兒。我住在一個遙遠的地方，叫做上下文。」

「你不覺得你該回去嗎？」虛應蟲建議道，把一隻手臂在面前高舉。

「這提議可眞嚇人啊。」大鳥不寒而慄地說。「那地方非常不舒適，我大半生的時間都離得遠遠的。再說，還有什麼比得過這一大片油滋滋的山脈？」

「幾乎什麼都比得過。」米羅心想，一邊把衣領拉高些。接著他問大鳥：「你是惡魔嗎？」

「恐怕不是。」他傷心地回答，幾滴污穢的眼淚滾落他的鳥喙。「我試過了，但頂多只能做個討人厭的傢伙罷了。」米羅還來不及回答，他已經拍拍髒兮兮的翅膀，揚起一片塵土飛走了。

「等等！」米羅大吼，他還有好多問題想問。

「諮詢費一共三十四英鎊。」大鳥尖叫，一面消失在霧裡。

「但是他一點忙也沒幫上。」他們上路一段時間後，米羅說。

「所以我才急著把他支開。」虛應蟲大喊，把手中的拄杖激烈搖晃。「現在我們快去找惡魔吧。」

「或許來得比你想像的還快。」答答說，回頭望著忽然顫抖起來的虛應蟲。山道再次轉彎，繼續爬升。

不過幾分鐘，他們已抵達山頂，這才發現後頭有另一座更高的山脈，再後面又有幾座，頂峰在盤繞的黑暗中匿跡。小徑一度變得平坦寬敞，正前方，有個看上去非常優雅的紳士，舒適地倚著一棵枯樹站立。

他身穿俐落的深色西裝，裡頭搭一件平整的襯衫、一條領帶。他的鞋子擦得晶亮，指甲相當乾淨，帽子戴得筆挺，胸前口袋塞了條白手帕點綴。但是他的表情一片空白。事實上，應該說完全空白。他沒有眼睛、沒有鼻子，也沒有嘴巴。

「哈囉，小男孩。」他和善地與米羅握手：「那隻忠誠的狗如何？」他問，親切地拍了答答三、四下。「這位俊俏的男士是哪位啊？」他問，一面朝喜孜孜的虛應蟲點帽致意。

「眞高興見到你們大家。」

「見到這麼一位好人，眞是愉快。」他們心裡都這麼想：「尤其是在這個鬼地方。」

「不知道你們是不是能撥點空給我？」紳士禮貌地問：「幫忙幾樣小工作？」

「那當然。」虛應蟲雀躍地說。

「很樂意。」答答補充。

「嗯，沒錯。」米羅說。

有那麼一瞬間，他腦中閃過一個念頭，心想這麼討人喜歡的人，臉上怎麼會一點輪廓都沒有。

「眞是太好了，」他高興地說：「因爲只有三項任務。第一，我想把這堆東西從這邊移到那邊，」他指著一大堆精

細的沙土：「但我手邊的工具恐怕只有這幾支小鑷子。」於是他把東西遞給米羅，米羅馬上開始一顆、一顆地運沙粒。

「第二，我想清空這口井，塡滿另一座。但是我沒有水桶，所以你得用這個眼藥水滴管。」他把東西交給答答，答答馬上一滴、一滴地移井水。

「最後，我需要一個穿過峭壁的洞，這邊有根針讓你慢慢挖。」急切的虛應蟲迅速就位，開始對堅硬的花崗岩鑽洞。

三個人都安全上工後，神色愉悅的男人走回樹邊，再度倚著樹身，繼續空洞地瞪著車道。米羅、答答、虛應蟲則賣力工作，就這麼過了一個又一個小時，一個又一個小時，一個又一個小時，一個又一個小時，一個又一個小時，一個又一個小時，一個又一個小時，一個又一個小時，一個又一個小時，一個又一個小時，一個又一個小時，一個又一個小時——

17 不受歡迎的冒險隊

虛應蟲邊做著手頭上的差事邊愉快吹起哨子，因爲他最喜歡不必動腦的工作。感覺像過了好幾天，最後他終於鑽出一個洞，竟連自己的大拇指都擺不進去。答答把滴管銜在齒間，但是滿的井還是和一開始時差不多，米羅新堆的那灘土幾乎稱不上土堆。

「眞奇怪哪，」米羅說，絲毫沒有停下手中的工作。「我剛剛一直不停地做活，竟然不累也不餓。感覺可以永遠這樣做下去。」

「或許你會。」男人同意，一邊打起呵欠（至少聽起來像呵欠）。

「唔，眞希望知道得花多少時間。」狗又從旁邊走過，米羅低聲地說。

「何不用你的魔杖找答案？」答答回答，以一隻嘴裡啣著眼藥水滴管的狗來說，口齒實在算得上清晰。

米羅從口袋掏出閃亮鉛筆，很快地算出，以他們目前的速度，每個人得花上八百三十七年才能完成。

「很抱歉，」他拉拉男人的衣袖說，把寫有數字的紙張遞給他看：「但是做完這些差事，得花八百三十七年。」

「是嗎？」男人回答，頭連轉一下都沒有。「唔，那你最好繼續努力。」

「可是感覺並不值得。」米羅輕聲地說。

「値得！」男人輕蔑地大吼。

「我只是認爲，或許沒那麼重要。」米羅努力不讓自己太失禮。

「當然不重要。」他怒聲咆哮：「如果我覺得重要的話，就不會請你們幫忙了。」這會兒，他再把頭轉過來面對他們，剛剛的友善頓時大打折扣。

「那爲什麼還要麻煩我們？」答答問，他的鬧鐘忽然響了起來。

「因爲，我親愛的朋友，」他尖酸地嘟囔著：「還有什麼比做不重要的差事更重要的？要是停下腳步做個過癮，原來要去的地方就會忘得一乾二淨。」最後這句話，他還配上惡意的笑聲。

「那麼你一定是——」米羅喘口氣說。

「相當正確！」他勝利地大叫起來：「我正是三怪傑——瑣事惡魔、徒勞怪物、習慣困獸。」

虛應蟲手裡的針一掉，不可置信地瞪大眼睛，米羅和答答開始緩緩後退。

「別走嘛，」他命令道，手臂威脅似地一掃：「因爲還有好多差事得做，你們還有八百多年可以完成第一份工作。」

「可是爲什麼老是在做些不重要的事？」米羅問，忽然想起自己每天都花了好多時間做這種事。

「想想它們能省下多少麻煩？」三怪傑解釋，表情看起來像是準備露出邪惡的咧齒微笑——如果他眞能咧齒的話。「要是你成天做不重要的瑣事，你就永遠不必擔心棘手的重要大事。你一定撥不出時間，因爲總是會臨時冒出什麼事，害你沒辦法履行眞正的重要事情。要不是那根魔杖，你永遠也不知道自己浪費了多少時間。」

說話的時候，他伸直手臂、踮起腳尖，慢慢朝他們逼近，還用一種迷幻的語氣低聲說：「來和我一起待著嘛。我們一定會玩得很開心的。有些東西得塡滿，有些東西得倒空；有些該移開，有些該拿回；有些撿起，有些放下。何況我們有鉛筆得削、洞得挖、指甲得修、郵票得黏，還有好多好多。啊，如果你們留下來，就再也不必動頭腦啦——只要稍加練習一番，一定也能變成習慣困獸的。」

三怪傑的撫慰聲音讓大家頓時愣住，但是，正當他想用修剪妥當的指甲將他們一把揪住時，一個聲音卻忽然大喊：「快跑！快跑！」

米羅以爲是答答在喊，忽然轉身，跑上山道。

「快跑！快跑！」它又大喊，這一次答答以爲是米羅在叫，趕緊快步跟上。

「快跑！快跑！」它催促再三，這下子，虛應蟲顧不得是誰在喊，慌慌張張地跟上他的兩個朋友，三怪傑則緊隨在後。

「這邊！這邊！」那聲音又喊。他們往聲音的方向一轉，急急跑上滑溜艱難的岩石，每往前一步，幾乎就後退一樣距離。費了好一番工夫，答答數次以腳掌相助以後，他們終於抵達山脊頂峰，但是離怒髮衝冠的三怪傑，只有驚險的兩步。

「在這裡！在這裡！」那個聲音這麼建議，他們毫不猶豫便涉過一灘黏稠的泥濘，一踩便陷到腳踝那麼深，接著升到膝蓋、淹上大腿，最後所有人都像在腰際高的花生奶油醬池裡掙扎求存。

三怪傑忽然在路邊發現一堆需要數一數的小石子，於是停下腳步，卻仍舊站在池邊揮拳吆喝、滿口惡言，誓言要喚醒山裡的惡魔大軍。

「眞是個討厭的傢伙。」米羅喘吁吁地說，他連讓腳動起來都成問題。「眞希望永遠都不會再看到他。」

「我想他不會再追我們了。」虛應蟲說，越肩朝後回望。

「我煩惱的不是後頭，」當他們從黏答答的泥濘走出來時，答答說：「而是前面。」

「繼續往前！繼續往前！」他們謹愼地繼續趕路，遵照那聲音的建議。

「現在上去！現在上去！」它又建議。但都還來不及看清發生什麼事，在他們全往上踏一步之後，卻跌進一個深不可測的暗坑。

「可是它明明說上去啊！」米羅攤開四肢躺著，從底下酸溜溜地抱怨。

「唔，你該不會以爲，一直聽我的建議，就能抵達什麼地方吧！」那聲音興高采烈地說。

「我們永遠都逃不出這裡了。」虛應蟲哀號，望著深坑陡峭滑溜的四周。

「評估得相當正確。」那聲音冷冰冰地說。

「那你剛剛為什麼要幫我們？」米羅憤怒地大吼。

「噢，如果是別人，我也一樣會幫啊。」他回答：「幫人想餿主意是我的專長。你們也看得出來，我可是長鼻子、綠眼睛、大鬈髮、大嘴巴、粗脖子、寬肩膀、圓滾滾、短手臂、O型腿的怪獸——不是我在說，在下同時也是這片超級荒野最頂尖的惡魔。只要有我在，包準你們連逃的膽子都沒有。」說完，他快步走到洞邊，朝下斜睨著無助的犯人。

答答和虛應蟲害怕地別開頭，但是米羅現在學到了「人不可貌相」這

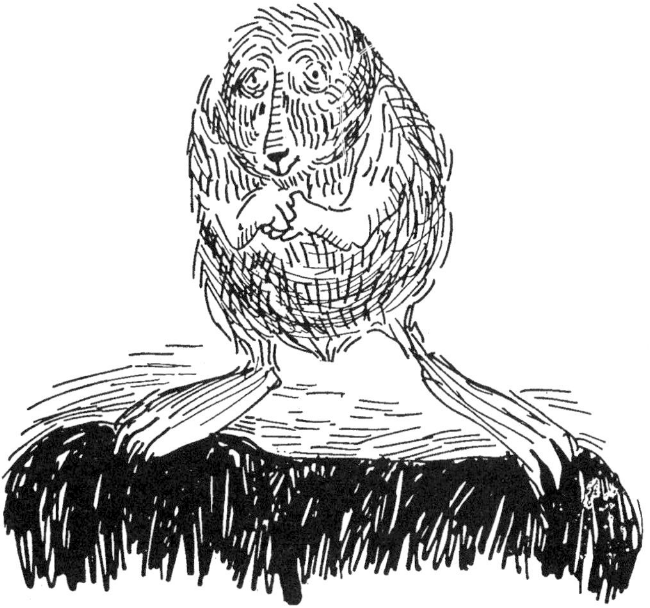

個道理，於是拿出愛立克送的望遠鏡，決定親自好好觀察一番。結果，坐在洞邊的身影讓他吃了一驚，原來是隻毛茸茸的小生物，一雙憂愁的眼睛，臉上是怯懦的淺笑。

「咦？你完全沒有長鼻子、綠眼睛、大鬈髮、大嘴巴、粗脖子、寬肩膀、圓滾滾、短手臂、O型腿或大腳丫——根本一點都不可怕嘛！」米羅不屑地說：「你這算哪門子的惡魔？」

這樣被拆穿，似乎讓那個小傢伙嚇得徹底愣住，立刻拔腿開溜，低聲哀號起來。

「我是不眞誠小魔，」他抽咽著說：「專司言不由衷、口是心非、表裡不一。相信我建議的人，大部分都誤入歧途，永遠困在原地，但是你這支該死的望遠鏡偏偏搞砸了我的好事。哼，我要回家了。」接著，他歇斯底里地大聲痛哭，氣沖沖地踱步走人。

「靜觀其變果然是上上之策。」這是米羅的觀察心得。他小心翼翼地把望遠鏡包起來。

「現在，只要爬出去就行了。」答答說，努力在牆上把他的前掌伸到最高的位置。

「來，跳上我的背吧。」

米羅攀上狗兒的肩，接著換虛應蟲爬到米羅頭上，費盡九牛二虎之力，才用手杖順利鉤住一株扭曲老樹的根部。他一邊放聲抱怨，一邊死命撐住，等兩位同伴跨過他的頭，再把他拉出。這下子大夥兒都是頭暈目眩、垂頭喪氣。

「我來帶一會兒路吧。」虛應蟲說，拍拍身上的泥塵。「跟緊我的腳步，保證所有麻煩

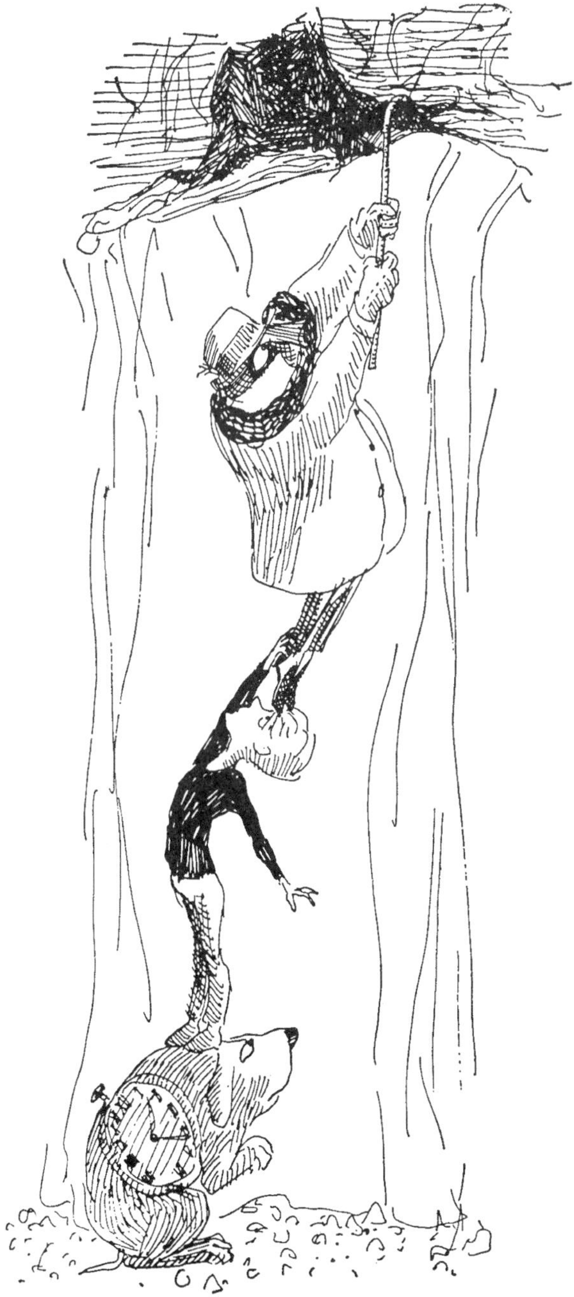

離得遠遠的。」

他帶其他人沿崖邊其中一條窄路慢步向前，五條路都通往覆滿溝槽、輪痕的高原。他們停下腳步一會兒，打算歇歇腿、擬新計畫。但是他們還來不及休息，整座山竟劇烈搖晃起來，忽然連人拔地升向高空。因爲，挺令人意外的是，他們走進變形巨人長繭的手心了。

「瞧瞧我們撈到什麼嘍！」巨人高聲咆哮，好奇地盯著他掌心的小人影，還不忘舔舔嘴。

巨人連坐下來時，都稱得上巨無霸。一頭蓬亂長髮、凸腫的眼睛、難以描述的身形。坦白說，他看起來實在很像沒有用碗裝的大果凍。

「膽敢打擾大爺午睡！」他憤怒咆哮，口中奔出的熱氣讓他們瞬間翻滾跌地。

「實在很抱歉。」讓自己脫困後，米羅柔順地說：「但是你看起來眞的很像山哪。」

「那當然，」巨人用和緩一些的語氣說。（但即便如此，聽起來還是像火山爆發。）「我沒有自己的形狀，所以接近什麼，就會像什麼。在山上，我是高峰；在海邊，我是沙壩；在森林中，我是橡樹；在城市裡，我是十二層樓大廈。我討厭引人注目，很沒有安全感。」接著他又用飢渴的眼睛看看他們，想像吃在嘴裡會有多美味。

「你看起來這麼魁梧，應該什麼都不怕才是。」米羅搶著說，因爲這會兒，巨人已把他的嘴張得老大。

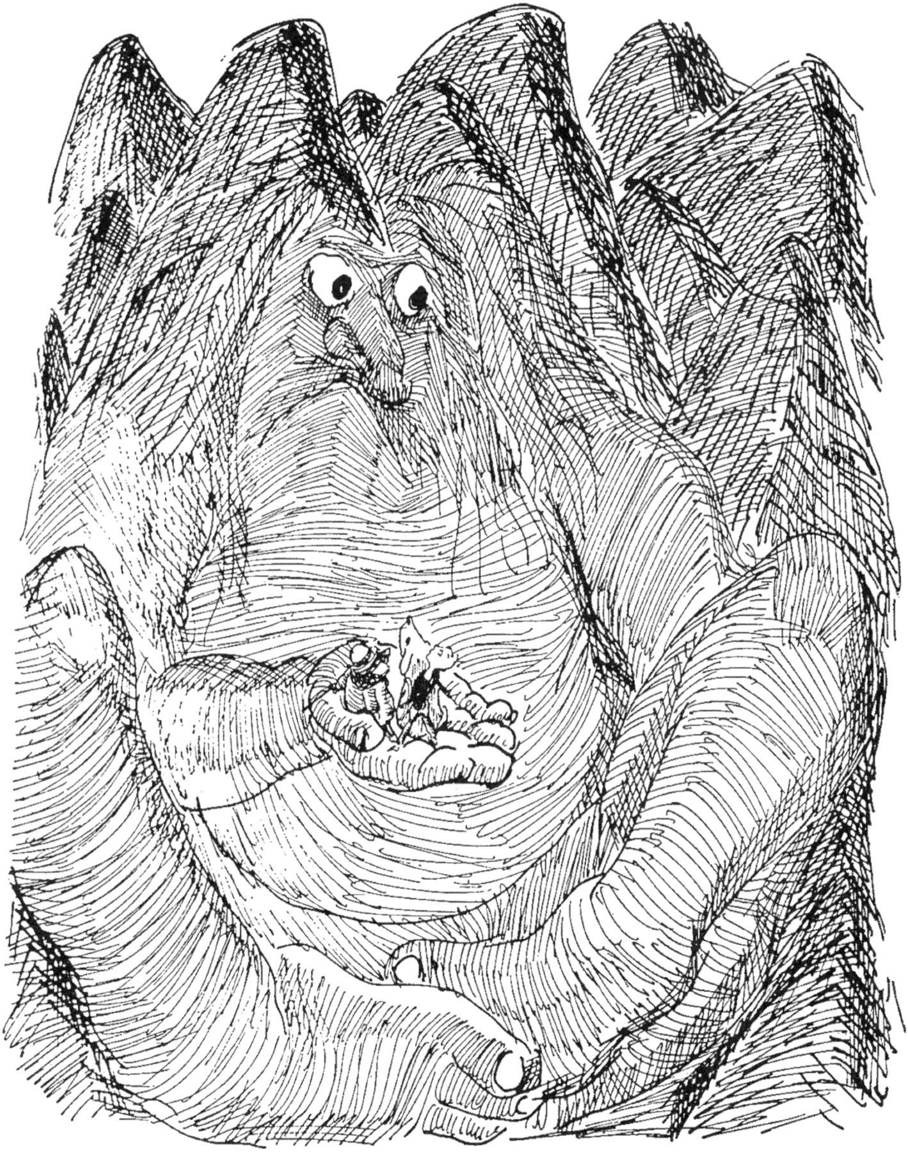

「才不是，」他說，凝膠狀的身軀微微發抖，「我什麼都怕，所以才這麼殘忍凶猛。要是被其他人發現，我鐵定噗通倒地。現在，統統給我安靜，陪我吃早餐。」他把手朝血盆大口高舉，虛應蟲緊緊閉上眼睛，雙手緊抱頭頂。

「這麼說，你不是眞的惡魔囉？」米羅連忙問，因爲他以爲巨人的教養夠好，不會邊吃邊說話。

「唔，粗略來說是。」他放低手臂回答，虛應蟲大大鬆了口氣。「不過相對來說，不是。我的意思是，相較之下或許吧——換句話說，大概吧。其他人都是怎麼想的？瞧，」他暴躁地說：「我連肯定句都不敢說出口。所以別再問問題了，以免弄得我食欲全無。」然後他又舉高手臂，想把三個人一口氣吞下。

「你爲什麼不幫我們拯救理韻？那麼或許情況就會改善了。」米羅又大吼，這一次差點就遲了一步，大夥兒險些慘遭吞吃。

「噢，我才不要。」巨人若有所思地說，再一次把手臂放下。「爲什麼不放手，落個輕鬆？我的意思是，不會有用的。我才不要冒險。也就是說，讓我們維持現狀吧。改變令人由衷地發抖哪。」他說話時，看起來稍有病貌。「或許我先吃你們其中一個就好。」他不悅地說：「其他兩個留到待會兒再吃。我有點不舒服。」

「我有個更好的點子。」米羅說。

「噢，是嗎？」巨人打斷，這會兒是一點食欲都沒有了。「如果說我有食不下嚥的東西，那就是點子了：實在太難消化啦。」

「我有一個盒子，裡面裝滿全世界的點子，」米羅說，得意地高舉阿札茲國王送他的禮物。

聽到這兒，巨人嚇得全身顫動，活像一碗搖晃的大布丁。

「把我放下來，馬上給我滾！」他哀號著，竟一時忘了到底是誰抓誰。「還有，拜託別打開那盒子！」

不一會兒，他已經把他們放在下一片崎嶇峰頂，眼底閃爍著慌張，急急忙忙逃去警告其他惡魔，山裡出現了新的威脅。

但是消息早已四處流竄。奪話鳥、三怪傑，還有長鼻子、綠眼睛、大鬈髮、大嘴巴、粗脖子、寬肩膀、圓滾滾、短手臂、O型腿、大腳丫的怪獸，老早將警訊傳遍邪惡晦黯的山野。

惡魔一一現身——從每個洞穴、每道縫隙，滲過每條裂口、岩縫，自石頭底下、泥堆上方，諸魔踱步急征、蛇速滑行，穿透污濁暗影。他們上下齊心、意念一致：將闖入者摧毀，誓死保衛無知。

從腳下佇立之處，米羅、答答、虛應蟲能看見他們以穩定的速度前進，雖然還有段距離，步伐卻相當迅急。群山四面楚歌，讓這支攀爬、逼近、蟄伏、潛行的陰邪大軍將峭壁震活起來。有些輪廓能看得清，其他只是微弱剪影，還有些剛從魔窟甦醒，準備隨時縱身加入。

「我們最好快點，」答答狂吠，「否則一定會被他們纏住。」於是他又跑上山道。

米羅大吸一口氣後，隨即跟上。虛應蟲這會兒瞥見了前方好戲，抱著充沛的活力上路去。

18 空中城堡

他們越爬越高，尋找城堡和兩位被放逐的公主的下落。他們在岩縫和崎石間移動，登上搖搖欲墜的峭壁，沿著窄得驚人的岩架前進，稍有不愼，就是永別的絕音。不祥的死寂頓時像簾幕垂覆，除了迴盪谷間的匆匆腳步聲，周遭聲音全無。米羅和腦中熟悉的世界，宛如隔了千山萬水，而惡魔則在遠遠的那頭。

「他們快追上了！」虛應蟲大吼，眞希望自己剛剛沒回頭。

「是眞的！」米羅同一時間大喊，因爲正前方，有架蜘蛛狀的迴旋樓梯從最高峰升上來，另一端則佇立著空中城堡。

「我看到了，我看到了。」他們在歪斜扭曲的山道奮力趕路，快樂的虛應蟲這麼說。但是他沒看見，樓梯第一階前頭，有個圓圓的小男人穿著斗蓬大衣縮在那兒，安詳地躺在一本磨損的大帳簿上打盹。

一根長長的鵝毛筆夾在他耳後，他的手上、臉頰、衣服灑滿墨水漬，還戴了一副米羅所見過最厚重的眼鏡。

「一定要小心啊。」他們終於抵達頂端時，答答低聲說。虛應蟲輕手輕腳地開始往樓梯上爬。

「叫什麼名？」嚇呆了的虛應蟲才走到第一階，小男人便輕快大喊。他敏捷地坐起身來，把書從身體底下抽出來，戴上綠色眼罩，筆懸在空中等候答案。

「唔，我——」虛應蟲支支吾吾地說。

「叫什麼名？」他又大喊，一邊把書翻到五一二頁，開始振筆疾書。鵝毛筆發出恐怖的刮擦聲，筆尖不時卡到紙張，在他全身灑滿墨點。他們將自己的名一一報上，他小心翼翼地依序記下。

「很好、很好、很好，」他對自己咕噥：「我幾百年沒記到『米』開頭的名字了。」

「你要我們的名字做什麼？」米羅問，一邊焦急地轉頭回望：「我們有點趕時間。」

「噢，花不了多少時間的。」男人向他們保證。「我是官方取意者，在辦事以前，先蒐集一點資訊。來，告訴我

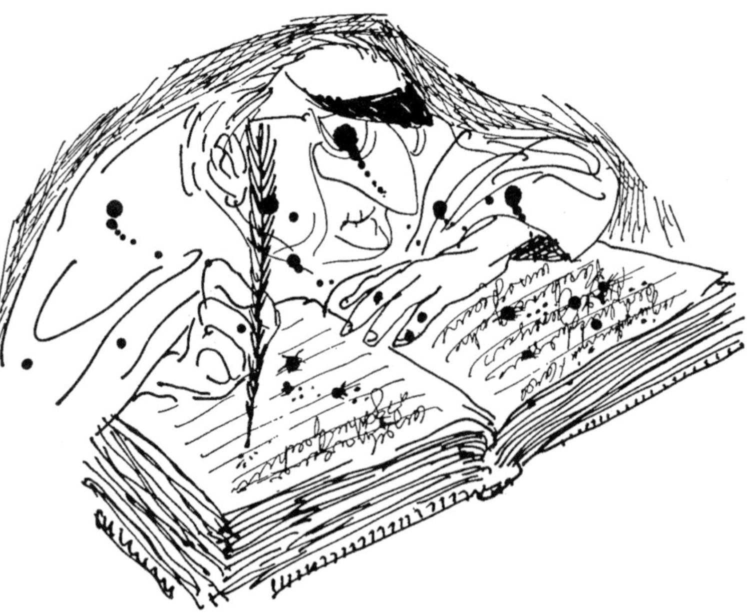

你什麼時候出生、哪裡出生、爲什麼出生、現在幾歲、那時幾歲、不久後將變幾歲、你媽媽的名字、你爸爸的名字、你阿姨的名字、你叔叔的名字、你表弟的名字、你住哪兒、住多久了、上過哪幾間學校、沒上過哪幾間學校、你的嗜好、你的電話號碼、你的鞋子尺寸、襯衫尺寸、衣領尺寸、帽子尺寸，還有六個能認證這些資訊的人的姓名、住址，咱們立刻開始。麻煩一次說一條，拜託。現在請站成一直線，別推擠、別聊天、別偷窺。」

虛應蟲這下子幾乎什麼都想不起，卻爭著搶第一。小男人悠悠哉哉地在五個不同的地方把每個答案記下，不時停下來擦擦眼鏡、清清喉嚨、整整領帶、擤擤鼻涕。他還讓快要受不了的虛應蟲從頭到腳沾滿墨汁。

「下一位！」他大聲宣布。

「眞希望他能快一點。」米羅往前踏一步說，因爲他已經在遠方看見翻山逼近的惡魔，再幾分鐘就要追上。

小男人搖著筆桿，終於把米羅和答答都搞定，神色愉快地抬起頭。

「現在我們可以走了嗎？」答答問，因爲他那敏銳的鼻子已嗅到分分秒秒都在增濃的邪惡氣息。

「那當然，」男人和顏悅色地說：「只要你一一報上身高、體重、每年讀幾本書、每年不讀幾本書、每天花多少時間吃飯、玩耍、工作、睡覺；上哪兒度假、一週吃幾個冰淇淋甜筒、從你家到理髮廳距離多遠、最喜歡什麼顏色。之後，再請塡好這幾張表格、申請表——一式三份——留心哪，只要寫錯一個，就得從頭來過。」

「噢，天啊，」米羅看著那疊公文說：「我們一定永遠都塡不完的。」當他說話時，惡魔正鬼鬼祟祟地攀山越嶺。

「來，快來。」取意者說，對自己愉快輕笑。「別耗一整天哪。我隨時都有新訪客。」

他們開始和艱澀的表格激烈奮戰，一寫完，米羅把文件統統擺在小男人的大腿上。他向他們道謝，摘下眼罩，把筆塞在耳後，闔上書，繼續倒頭大睡。虛應蟲驚恐地回望一眼，匆匆往樓梯爬去。

「目的地？」取意者大喊，這會兒又坐直身子、戴上眼罩，從耳後取下筆，攤開書。

「可是我以爲——」震驚的虛應蟲抗議道。

「目的地？」他覆述，在帳本上記了幾筆。

「空中城堡。」米羅不耐煩地說。

「幹嘛這麼費工夫？」取意者指向遠方說：「我帶你去看更精采的東西，你一定會喜歡的。」

他說話時，所有人都抬起頭，只有米羅看見在地平面那端歡欣鼓舞的陣列。有帳棚、雜耍、木馬、甚至還有野獸——總之，就是小男孩能目不轉睛盯上好幾個小時的玩意兒。

「難道你不想來點美味的？」他轉頭對答答說。

小狗幾乎立刻嗅到美妙香氣，只有他聞得到。他的鼻子聞得出來，裡頭裹藏了萬千個驚喜氣味。

「這裡還有你一定會喜歡的聲音。」他向虛應蟲保證。

虛應蟲豎起耳朵、聚精會神，那聲音只有他聽得到——原來是群眾歡聲雷動，所有人都在為他搖旗吶喊。

他們都恍如夢中地站著、看著、聞著、聽著取意者為他們準備的贈禮，完全忘了原本的目標，也忘了後頭虎視眈眈的追兵。

取意者那張小小、鼓鼓的臉上，浮現滿足的笑意。他往後仰坐，看著惡魔步步逼近，和那群無助的受害者，只有一分鐘的距離。

但是這會兒，就連米羅也沉浸在眼前的好戲，答答閉上眼睛，好好享受鼻尖的氣息。虛應蟲又鞠躬又揮手的，臉上是一片純然的狂喜，只對眼前的熱烈盛況感興趣。

小男人厲害極了。這時，除了山縫下爬動的噪音，周遭一陣死寂。米羅兩眼空洞地瞪著遠方，讓那袋禮物從肩上滑到地面。忽然間，那袋聲音忽然裂開，歡樂笑聲逕自散到空中，他、答答、虛應蟲不禁受到感染，紛紛加入爆笑行列。

就在那時，魔咒解開了。

「根本就沒有馬戲團！」米羅大喊，驚覺自己剛剛被騙了。

「根本就沒有香味！」答答大吼，這會兒鬧鐘大作。

「鼓掌結束了！」失望的虛應蟲抱怨。

「我警告過你們呀，我說我是取意者啊。」取意者譏諷道：「我助人發現他們沒有在找的東西，聽見他們沒有在聽的聲音，追求他們沒有追求的目標，還有根本不存在的氣味。還有——」他嘎嘎笑著說，愉快地用那雙粗腿四處跳，「我會偷走你原本的意圖、奪走你的責任感、摧毀你對均衡的感受——除非你有某種法寶，否則肯定孤立無援。」

「是什麼？」米羅惶恐地問。

「除非你有笑聲。」他低吼著：「因爲我奪不走你的幽默感——只要有那個，你就沒什麼好怕的了。」

「可是還有他們呢?!」虛應蟲驚恐地說，因爲就在那時，魔軍已攻至山頂，向前一躍，準備活捉他們。

三人往梯子方向衝去，把愁悶的取意者、帳本、墨水瓶、其他東西統統踢翻。虛應蟲衝第一，接著是答答，最後是差點就要跟不上的米羅，一隻鱗狀的手臂擦過他的鞋邊。

危險的階梯眩目地在風中舞動，笨拙的惡魔拒絕跟從。他們憤怒暴躁地嘶吼，滿口惡意叫罵要報復，一顆顆眼珠燃著熾熱怒火，盯著三個小人影緩緩消失在雲中。

「別往下看。」米羅建議道，虛應蟲用一雙搖晃的腿踉蹌地往上爬。樓梯像支巨大的開瓶鑽，扭曲穿過漆黑，又抖又窄，完全沒有欄杆保護他們。強風殘忍狂嘯，就要將他們撕裂；霧像伸出黏濕的手指，在他們背上攀爬滾動。但他們依舊在暈眩的樓梯拾階而上，彼此互助，直到最後雲散，暗影褪淡，一道金黃色的溫暖光束迎接他們的來到。城堡大門緩緩打開。他們走進一座雄偉門廳，腳下的地毯如雪花般柔軟，他們害羞地站著等待。

「快進來，拜託，我們一直在等你們。」兩個甜美的聲音齊聲說。

在門廳的另一端，一道銀簾掀開，兩個年輕女人走進來。她們穿得一身白，美得無比可擬。其中一個莊重沉靜，眼裡有股善解人意的暖流；另一個則愉快活潑。

「你一定是純理公主。」米羅向第一位鞠躬說。

她只是淡淡回答：「是。」便已讓人如沐春風。

「那你一定是甜韻公主。」他對另一位微笑著說。

她的眼睛閃過光澤，發出清脆友善的笑聲，就像郵差先生爲你送信時的鈴響。

「我們來把你們倆救出去。」米羅非常認眞地說道。

「而且惡魔緊跟在後。」虛應蟲擔憂地說，眼前的命運仍讓他顫抖不定。

「而且我們得立刻走。」答答建議。

「噢，他們不敢上來的。」純理溫和地說：「我們很快就下去。」

「何不坐下來歇會兒？」甜韻建議：「你們一定累了。這趟路是不是千里迢迢？」

「花了好幾天。」累壞的答答嘆口氣說，在一塊大軟墊上蜷身安歇。

「是好幾個禮拜。」虛應蟲糾正，整個人不經思索地跌入一張舒適躺椅裡。

「確實是趟漫長之旅。」米羅說，接著爬上公主坐的長椅。「不過，要不是我一路犯了好多錯，我們會更早到達這邊。都是我的錯。」

「人非聖賢，孰能無過。」純理靜心解釋：「只要你肯花心思，從中獲得成長，就不必苛責自己。比起秉持錯誤原則而循規蹈矩，在理由正當的前提下，犯錯常能帶來更多進步的空間。」

「可是還有好多東西要學。」他若有所思地皺起眉頭。

「沒錯，確實如此。」甜韻承認：「但重要的不只有學習。最關鍵的是，學習如何發揮所學，了解學習的眞正意義。」

「我想問的就是這個。」答答和累壞了的虛應蟲在一旁靜靜入睡，米羅一邊解釋：「很多好像應該學的東西，感覺卻很不切實際，我實在看不出來爲什麼要學。」

「現在你可能還看不出來，」純理公主說，一面會心地望著米羅的困惑表情：「但是我們的每份學習都有目的，我們的所作所爲，都會對周遭的人事物帶來影響，即使微如毫

釐。瞧，只要家蠅拍拍翅膀，一陣微風便繞遍世界；只要一顆沙塵落地，整顆星球就加重一些；當你重重踱步，地球也因而傾斜一點。要是你笑，池裡立刻激起一陣喜樂漣漪；若是你傷心，沒有人能眞的高興。知識也是如此。每當你有了新的學習，全世界便能因此更加豐饒。」

「也要記得，」甜韻公主補充：「許多你想看的地方不在地圖上，許多你想知道的事肉眼看不見，或無法伸手觸及。但是有一天，你將能實現這一切，因爲今天所學的，將幫助你發掘明日的美好秘密——如此而已。」

「我想我聽懂了。」不過米羅腦中依舊塞滿問題、思緒，他問：「但是什麼才是最重要——」

就在那時，對話忽然被遠方一陣劈砍的噪音中斷。每響一次，房間內的每樣東西就止不住地喀噠搖晃。原來是底下陰鬱的山峰，一隻隻惡魔正忙著用斧頭、鐵鎚、鋸子破壞梯子。沒過多久，整架樓梯轟的一聲垮下，虛應蟲嚇得跳起來，剛好看見城堡緩緩坍方。

「我們得走了！」他大喊，這顯然已是眾所皆知的事實。

「我們最好現在就走吧。」甜韻輕輕地說，純理點頭同意。

「可是我們要怎麼下去？」虛應蟲低吼道，看著底下殘骸一片。「現在沒了梯子，我們又越飛越高。」

「唔，不是說時光像飛的一樣嗎？」米羅說。

「確實如此。」答答吠著，對著腳邊急切猛跳：「我來帶大家下去。」

「你能帶所有人嗎？」虛應蟲說。

「短距離可以。」答答若有所思地說：「公主可以騎在我背上，米羅握住我尾巴，你抓著他的腳踝。」

「可是空中城堡怎麼辦？」虛應蟲抗議道，顯然對這項安排不是太滿意。

「就讓它飄走吧。」甜韻說。

「順便當大掃除。」純理補充：「因爲無論外表多美，也只不過是座監牢罷了。」

答答往後退了三步，短暫助跑後，帶著全部乘客穿過窗戶，開始漫長的下滑旅程。公主高昂無懼地坐著，米羅緊緊抓住，虛應蟲瘋狂搖晃，像是風箏的尾巴。他們躍入眼前的黑暗，朝向蟄伏山腳下的山魔陣列飛去。

19 理韻之歸

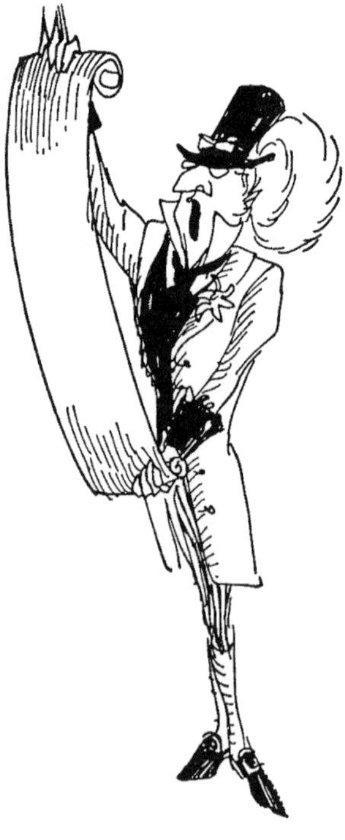

他們一連越過三道高峰，和惡魔的手爪僅有一箭之遙，一行人猛然著地。

「快點！」答答催促：「跟緊我！我們得加速直奔。」

兩位公主依然坐在背上，他快步衝下多岩的山道，分秒不蹉跎。因爲，在一團夾纏的灰塵和刺耳的歡聲雷動中，那群選擇住在無知峰的惡獸正砰、砰、砰地走下山邊，早已等候多時，萬分不耐。

頭頂垂掛著厚重的黑雲，他們急速馳過黑暗。米羅不過回望片刻，立即眼見步步逼近的怪影。左邊不遠處，是妥協三重獸——一個高瘦，一個矮胖，第三個和另外兩個完全雷同。他們一慣以詭譎的圈狀移動，一個說「這邊」，另一個說「那邊」，第三個就同時認可雙方。最後，他們總是跑去做一件大家都並不眞的想做的事，藉此擺平爭議，所以幾乎哪兒都沒去成——也沒遇見半個人。

在巨石間笨拙跳動、一邊舞動殘忍彎爪的是早知道跳腳先生，一個超級惹人厭的傢伙，眼睛長在背上，背長在前面。他總是後行而三思，只要他知道哪些地方爲什麼不該去，就毫不在乎地往那裡去。

最恐怖的還有，復仇蛇髮怪在正後方寸寸逼近，猶如軟殼大蝸牛，凶惡的眼睛、飢渴的嘴巴，在他們身後留下一灘黏液，以超乎想像的神速進攻。

「快點！」答答大吼：「他們步步逼近。」

他們從高處俯衝，虛應蟲一手壓住帽子，另一手在空中沒命似的猛揮，米羅拿出這輩子最快速度狂奔，但惡魔的速度剛好比那稍快一點。

超重博學通在右下方現身，嘴裡講個不停，球根狀的身體靠細瘦雙腿撐著，搖搖欲墜。他是陰沉的惡魔，軀體大部分由嘴巴構成，隨時準備對任何議題提供誤導人的資訊。雖然他常常嚴重發抖，受傷的卻從來不是他，而是被他壓垮的不幸路人。

在他身旁稍後之處，走來醜陋浮誇怪，怪誕的輪廓和令人不快至極的舉止，光看就叫人噁心，一排排邪惡利齒只是用來皺損事實。他們總是一道狩獵，要是抓到誰，包准立刻奉送霉運。

騎在還願意載他的夥伴背上，是陳腐破藉口，一個可悲的小東西，一身破爛髒衣服，一樣的話一遍又一遍重複，嗓音低沉又尖銳：「唔，我一直臥病在床——可是那一頁撕掉了啊——我錯過巴士了——又沒有其他人辦得到——唔，我一直臥病在床——可是那一頁撕掉了啊——我錯過巴士了——又沒有其他人辦得到。」他看起來不具攻擊性，也很友善，可是一旦被他揪住，可不會跟你善罷干休。

他們越湊越近、相互推擠，在飢渴的盛怒中舞爪噴鼻。答答英勇地伴隨理韻同行；米羅在山道蹣跚而下，肺隨時有爆炸的危機；虛應蟲依舊慢吞吞地殿後。走到山腳、轉向智慧國以後，路漸漸變寬，越益平坦。前方是安全的光線——不過，或許太遠了些。

惡魔從四面八方奔下，他們是暗夜的怪獸，狂妄地朝獵物舉步進攻。恐怖的三怪傑和搖搖欲墜的變形巨人，在後頭催促他們。鼻孔冒著蒸氣，蹄子熱烈地在地上踩動，目光炯炯，隨時準備用長長的尖角尾端抓人。

虛應蟲筋疲力盡，抬著軟綿綿的腿搖頭晃腦，痛苦的臉上是渴望救援的表情。「我覺得我不——」他上氣不接下氣地說，一道歪歪斜斜的閃電將天際劃破，雷聲奪走他未出口的話。

隨著亡命追殺接近尾聲，惡魔也寸寸據地為王。最後他們縱身一躍，準備先將虛應蟲吞下肚，再來是小男孩，最後是狗兒和背上的兩位乘客。他們一窩蜂躍起——

卻忽然停下，彷彿凍結在半空中，動彈不得，只能驚恐地瞪著前方。

米羅緩緩抬起疲倦的頭，放眼望去，地平線那端佇立著智慧大軍，刀劍、盾牌在陽光下閃爍，鮮豔的旗幟隨微風驕傲拍動。

好一會兒，一切都靜悄悄的。之後，千聲小號響起——接著又是千聲——排一長列的騎師如一陣海浪湧進，越來越急。米羅耳畔響起策馬奔騰的吶喊，一行人朝震驚的惡魔奮勇衝鋒。

領軍的是阿札茲國王，燦爛耀眼的盔甲上刻滿各個字母，數魔師也手執新削手杖，氣宇

軒昂地前後揮甩。走音博士從那小小的貨車，製造一場場爆破，聲管家聽得樂此不疲，忙碌的藍彈幾乎同步將殘骸蒐集起來。爲了向這場盛宴致敬，濃豔大師引領他的樂團，奏出炫麗激昂的色彩。米羅一路上遇見的朋友紛紛到場幫忙——市集裡的字母先生、數字城的礦工，還有山谷和森林來的善良人們。

拼字蜂在頭頂興奮地嗡嗡叫，直喊著：「進攻——進—攻——進攻——進—攻。」大家都知道儒弱膽小的彈性人，也大老遠從結論島趕來，爲的不過是讓大夥兒知道他老人家依舊勇健。就連舒弗特警官也得意地騎著一隻矮長的臘腸狗，堅定地奔馳向前。

無知獸恐懼地蜷縮起來，急忙轉身躲避，邊發出一陣恐怖到讓人難以忘記的痛苦嚎叫，邊衝回濕暗的來處。虛應蟲鬆口氣地嘆息，米羅和公主準備迎接勝利大軍。

「做得好。」定義公爵縱身下馬，溫暖地與米羅握手致意。

「表現優異。」意義部長跟著說。

「功勳彪炳。」含義爵爺補充。

「恭喜。」精髓伯爵致達。

「乾杯。」理解次長提議。

因爲乾杯確實是眾人所願，因此所有人齊聲舉杯。

「該說謝謝的人是我們——」歡呼聲一退潮，米羅開口想說，但還來不及說完，他們忽然攤開一幅卷軸。

在一陣燦爛的小號、鼓聲中，他們逐字輪流誦讀：

「自此以後，」

「刻不容緩，」

「昭示眾人，」

「理韻歸返，」

「復以智慧為舵。」

兩位公主感激地鞠躬行禮，熱情地吻了她們的兄長，所有人都覺得被此一聖潔時刻洗滌。

「此外，」宣告繼續。

「喚米羅的小男生，」

「叫答答的小狗，」

「及自此定名為虛應蟲的昆蟲，」

「從此受封為——」

「國境英雄。」

空氣中瀰漫著一陣陣雀躍歡呼，就連虛應蟲得到這麼多注目，也有些不自在。

「因此，為了紀念他們的英雄之舉，皇訂假日於焉頒行。三日之內，讓遊行、嘉年華會的熱鬧喧騰響遍每座城——槍術、遊戲、宴會、娛樂絡繹不絕。」伯爵公布了結論。

五位內閣成員接著收起大卷軸，一陣誇張的鞠躬過後，便退場離去。

輕捷騎兵將消息傳遍王國的各處角落，當遊行隊伍緩緩穿過鄉野，民眾夾道歡呼，房屋、店鋪垂掛著花環吊飾，花瓣如地毯鋪滿一地。就連空氣也透著興奮氣息，緊閉多時的百葉窗終於開啓，讓明亮的日光灑進久來陰冷的暗角。

米羅、答答、努力抑制情緒的虛應蟲，昂揚得意地與阿札茲國王、數魔師、兩位公主同坐皇轎裡。遊行隊伍在兩邊綿延數哩。

歡呼聲持續，理兒將身子前傾，輕輕拍了米羅的手臂。

「他們都在爲你喝采。」她微笑著說。

「如果沒有大家的幫忙，」他謙虛地說，「我永遠也辦不到。」

「或許是吧。」理兒認眞地說：「但是你有嘗試的勇氣。完成的事蹟，往往預示了未來的壯舉。」

「這就是爲什麼——」阿札茲說：「關於你的遠征，有件非常重要的事。在你回來之前，我們都得三緘其口。」

「我記得！」米羅急切地說：「現在快點告訴我。」

「要完成這項任務，其實並不可能。」國王望著數魔師說。

「完全不可能。」數魔師看著國王說。

「你的意思是——」虛應蟲支支吾吾地說，忽然一陣暈眩。

「沒錯。」他們異口同聲地說。「但是如果我們那時就告訴你，你可能根本不會啓程。你也會發現，只要你不知道，很多事因此變得可能。」

聽完這番話之後，米羅有好一陣子，一個字也說不出來。

最後，他們來到文字城和數字城間一片寬闊的平原，在寂靜谷右側、觀點森林左邊，馬車、騎兵的長列嘎然而止，嘉年華會正式展開。

工人如螞蟻般四處奔走，豔麗的條紋帳棚和臨時亭子紛紛冒出。短短幾分鐘內，賽馬場、大看台、雜耍節目、飲料站、遊樂場、摩天輪、旗幟、彩旗、喧鬧場面幾乎毫無冷場地一一現身。

數魔師不停釋放燦爛煙火，爆開的數字以驚人姿態進行加減乘除——顏色自然由濃豔大師提供，噪音則由樂得發癲的走音博士負責。幸而有聲管家釋出音樂與笑聲，雖然偶爾，也夾雜少許寧靜。

愛立克架起巨型望遠鏡，邀大家觀賞月亮的另一側，虛應蟲在人群中穿梭，四面領受祝賀，鉅細靡遺地傳誦自己的英勇事蹟，大部分的篇幅純屬虛構情節。

每天傍晚的夕陽時分，總有皇宴登場，眼前是超乎想像的各色美食，阿札茲國王特別訂了各種風味、多國語言的可口字餚，提供給異國美食的愛好者。數魔師端出一盤盤的除法餃子，米羅謹慎迴避，因爲無論你吃了多少，吃完以後，盤子上總比一開始多出一些。

飯後自然是讚詠公主與三位勇士的詩歌朗誦時間。阿札茲國王和數魔師誓言每年的同一時間，都要領軍重回無知峰，直到一魔不生。所有人都覺得這是智慧國有史以來最偉大的盛宴。

不過，總有曲終人散的時刻。第三天下午，接近傍晚時，帳棚、亭子一一收起，準備收拾離去。

「該走了，」理兒說，「還有好多事要做。」被她這麼一說，米羅忽然想起他的家。他好想、好想回家，卻不能承受別離的滋味。

「說聲再見吧。」韻兒說，輕輕拍了他的臉頰。

「向每個人說嗎？」米羅惆悵

地說。他緩緩回顧一路上結交的朋友，他瞪大眼睛用力看，不讓自己忘記任何一張臉。但是他的目光大都集中在答答和虛應蟲身上，因爲他們一同經歷了好多時刻——有危難、有恐懼，最棒的是，他們共享了勝利的甜果。從來沒有人，能擁有如此奇妙的旅伴。

「你們不能和我一起走嗎？」他問。但問題才一開口，他心裡便已有數。

「恐怕不行，老夥伴，」虛應蟲回答：「我很想，但我已經規畫了一系列的巡迴演講，恐怕會耗上好幾年。」

「這裡也需要一條看門狗。」答答傷心低吠著。

米羅伸手擁抱虛應蟲，他自然是一派生硬冷淡，濕潤的眼睛卻訴說著不同心事。接著米羅攬住答答的脖子，有那麼一秒，他摟得緊緊的。

「謝謝你們教給我的一切。」米羅對每個人說，一滴眼淚滑落臉頰。

「也謝謝你教給我們的。」國王說——他鼓起掌，小汽車被帶到面前，擦得和新車一般晶亮。

米羅坐進車裡，回頭再望最後一眼，便發動引擎，所有人紛紛搖手催他上路。

「再見，」他大叫著，「再見，我會再回來的。」

「再見，」阿札茲大喊，「請永遠記得文字的貴重。」

「還有數字！」數魔師連忙補充。

「你該不會以爲數字和文字一樣重要吧？」他聽見阿札茲的叫聲從遠方傳來。

「是嗎？」數魔師語氣稍弱地回答：「唔，要是我說——」

「噢，天啊，」米羅心想，「別逗了。」就這樣，路下沉迴轉，指引家的方向，他也一溜煙地消失無蹤。

20 再見、哈囉

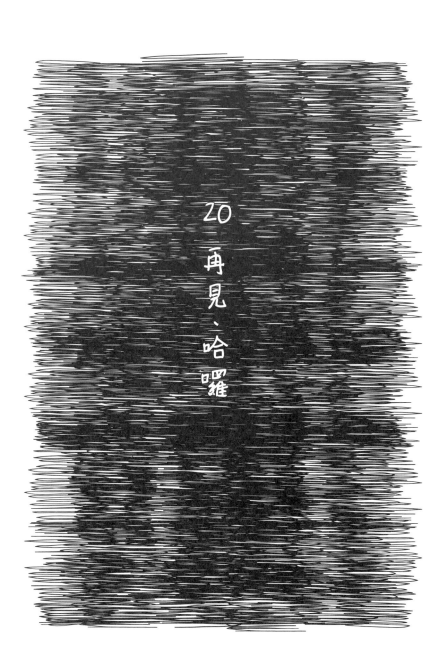

宜人的鄉村風景快閃而過，風在擋風鏡上哼起小曲，米羅才赫然驚覺自己已離開好幾個星期。

「眞希望沒有讓人擔心。」他心想，一邊加速前進。「從沒有離開這麼久過。」午後陽光從明豔的黃色，轉爲慵懶的橘色，看上去幾乎和他一樣疲倦。前方的路在一連串的微幅曲折後越發熟悉，孤獨的收費亭在遠方浮現，令人安心。幾分鐘後，他抵達旅程終點，投下硬幣、開車通過。都還來不及回神，他已再次坐在自己的房裡。

「竟然才六點。」他打起呵欠說，一眨眼，他發現另一件更驚人的事情。

「而且還是今天！我才出去一小時而已！」他不可思議地大呼，因爲他從沒想過這麼短的時間裡，原來可以完成這麼多事情。

米羅累得沒辦法說話或吃飯，二話不說地倒頭大睡。他拉起被子蓋住頭之前，再看他的房間一眼——感覺與記憶中的截然不同——然後跌入深沉安穩的夢境。

隔天的學校生活很快就過去，但還是不夠快，因爲米羅的腦裡塞滿各種計畫，眼底只看得見收費亭和那背後的一切。他不耐地等候下課，鐘聲終於響起時，他一路衝回家，腦中是奔騰的思緒。

「再玩一趟！再玩一趟！我馬上就走。他們看到我一定會很高興，我會——」

他忽然在房門前停下，因爲收費亭前晚還在那兒，現在卻什麼也沒了。他在房間內瘋狂地搜尋翻找，失蹤竟然也和來時一樣神秘——原本的地方擺著另一個亮藍色信封，上面簡短寫著：「給米羅——現在知道路的米羅。」

他很快打開，唸著：

親愛的米羅，

承蒙神奇收費亭，你已完成你的旅行。我們相信結果令你滿意，也希望你了解為什麼我們過來取回。因為，還有好多人想開開眼界。

雖然你還有許多地方還沒拜訪（有些甚至不在地圖上）、許多美妙的事物尚未領略（超乎任何人的期待），但我們相信，若你真心嚮往，一定能靠自己找到路。

謹致

簽名的字跡模糊，無法辨識。

米羅傷心地走到窗邊，讓自己跌進大扶手椅的一角。他的思緒飄向遠方，心裡感到一陣落寞孤寂——他想起笨拙又可愛的虛應蟲，想起總是帶來安全感的答答，想起動不動就亢奮異常的藍彈，想起希望有一天能長到地上的愛立克，想起讓智慧免於枯萎的理韻公主，還有好多好多他會惦記一生的好友。

當他腦中流動著這一段段回憶，他沒來由地注意到天空劃開了一方蔚藍，還有一團雲聚成一艘揚帆的船。樹梢灰蒼蒼的，嫩苞與葉片披著深沉飽滿的綠。窗外有好多東西能看、能聽、能碰，還能走步道、能爬山、能在穿越花園時欣賞毛毛蟲。也有供聆聽、發想的聲音與對話，和屬於每天的獨特氣息。

在他身處的這間房裡，也有好多能帶他馳騁四方的書，等著發明、創造、構築、打破的東西，還有其他無以名之、無法掌握的困惑與驚喜——播播音樂、唱唱歌、想像一整片世界，然後有一天，讓它們統統成眞。當他想到那些熠熠發光、値得一試的新奇事物，不禁掀起一陣澎湃思緒。

「唔，我會想再來趟遠行。」他躍起身說：「就是不知道什麼時候才找得到時間。這裡已經有太多能做的事情。」

Eurasian Publishing Group
圓神出版事業機構
用心與你對話·視野無限寬廣
寂寞出版社
Solo Press

www.booklife.com.tw　　reader@mail.eurasian.com.tw

Soul 036

神奇收費亭【電影暖身版·傳奇再現】

作　　者／諾頓·傑斯特（Norton Juster）
繪　　者／吉爾斯·菲佛（Jules Feiffer）
譯　　者／吳宜潔
發 行 人／簡志忠
出 版 者／寂寞出版股份有限公司
地　　址／台北市南京東路四段50號6樓之1
電　　話／（02）2579-6600·2579-8800·2570-3939
傳　　真／（02）2579-0338·2577-3220·2570-3636
總 編 輯／陳秋月
資深主編／李宛蓁
責任編輯／朱玉立
校　　對／朱玉立·莊淑涵·李宛蓁
美術編輯／金益健
行銷企畫／詹怡慧·朱智琳
印務統籌／劉鳳剛·高榮祥
監　　印／高榮祥
排　　版／杜易蓉
經 銷 商／叩應股份有限公司
郵撥帳號／18707239
法律顧問／圓神出版事業機構法律顧問　蕭雄淋律師
印　　刷／祥峯印刷廠
2020年1月　初版
2023年4月　8刷

定價 300 元　　ISBN 978-986-97522-4-4　

　Printed in Taiwan

你對這樣的故事有信心，期待有一天能成爲其中的一部分。

——《S.》

國家圖書館出版品預行編目資料

神奇收費亭／諾頓．傑斯特（Norton Juster）著；
吳宜潔 譯. -- 初版. -- 臺北市：寂寞，2020.01
288 面；14.8×20.8公分（Soul；36）
譯自：The phantom tollbooth
ISBN 978-986-97522-4-4（平裝）

874.57　　　　108019668